KB006999

마설언니가
있어서
다행이야

마설언니가 있어서 다행이야

초판 1쇄 발행 2017년 9월 22일
초판 2쇄 발행 2017년 10월 12일

지은이   마설(최주연)
펴낸이   金滇旼
펴낸곳   북로그컴퍼니
편집   김옥자 서진영 김현영
마케팅   강동균 이예지
디자인   김승은
경영기획   김형곤

주소   서울시 마포구 월드컵북로1길 60, 5층
전화   02-738-0214
팩스   02-738-1030
등록   제2010-000174호

ISBN   979-11-87292-73-9   03810

줄곧 **엘레강스**하고 이따금 **웃픈** 백퍼 여자 공감 에세이

마설언니가 있어서 다행이야

글·그림 **마설**

북로그컴퍼니

프롤로그 ✳ ✳ ✳

안녕하세요!

 SNS 계정 '마설의 따뜻한 그림엽서 한 장'을 통해 #소녀소녀한 감성의 그림과 캘리그라피를 선보이고 있는 마설입니다. 제 SNS 계정을 힐끗 보시고서는 20대 아가씨거나 10대 여학생의 계정인 줄 알았다는 분들도 있다는데요, #빼박 애 둘 #아줌마이지만 아줌마 소리가 당최 익숙해지지 않는 저로서는 감사할 따름입니다.

 친정엄마와 함께 살고 있는 누군가의 딸이고,
 초등학교 동창과 결혼한 누군가의 아내,
 삼 남매 가운데 둘째로 누군가의 동생이자 누군가의 누나이며,
 낙엽 굴러가는 소리에도 까르르 웃는 누군가의 친구,
 그리고 사춘기 딸, 초딩 아들과 매일 전쟁을 치르는 누군가의 엄마.
 그러니까… 다시 말해… 저는 그냥 보통 사람입니다.

 그런데 보통 사람이라 그런지 보통의 날들이 보통 재미난 게 아닙니다.

이제 #젊은 시절은 다 지나간 것 같은데 그렇다고 막 #늙은 것도 아닌…
좀 #애매한 나이지만 또 먹을 만큼 먹고 보니 사는 게 팍팍하다는 푸념도 토
닥토닥 감싸 안을 줄 알게 되고요, 어려선 막 싫고 힘들고 그랬던 것들도 좀
느긋하게 바라보게 되고요, 뭐 그리 특별할 것 없다 싶은 평범한 하루하루도
오래도록 기억하고픈 찬란한 순간으로 보게 되더라고요. 줄곧 #엘레강스하
고 이따금 #웃픈 일상을 담고 있는 이 책《마설 언니가 있어서 다행이야》에
는 그렇게 여러분과 함께 공감하고픈 이야기들을 담았습니다.

한편 곧 죽어도 예쁘단 소리 듣고 싶고요, 친구들과의 수다는 때와 장소
를 가리지 않고 늘 즐겁고요, 연애 시절처럼 알콩달콩하진 않더라도 쭉 #러
블리하게 살고 싶은데, 저만 그런 거 아니죠? 책에 이런 행복한 바람까지 듬
뿍 그려냈습니다. 뭘 만들어도 맛없게 요리하는 저주받은 손이지만 그 손으
로 쓰고 그리는 건 시간 가는 줄 모르고 한자리에 앉아 신나게 해대는 게 바
로 저, 마설이니까요.

하루하루 즐겁게 살아가면서 자연스럽게 알게 된 '사는 재미'를 소소하게

＊ ＊ ＊

적어본 지극히 #사적인 이야기이지만 여러분과 함께 한 번이라도 '맞아… 그
랬었지…' 하며 공감할 수 있었으면, 그래서 우리들 마음이 조금이나마 몽글
몽글해질 수 있으면 참 좋겠다 싶습니다. 보통 사람의 보통 이야기이기에 우
리들의 보통날들을 어여쁘게 보듬을 수 있다고 믿어요.

마설

차례

프롤로그 4

——————————————— Part ° 01

쑥쑥 키가 크는 느낌, 어른이 되어도 계속 자란다

Part ° 02

우아하고 싶은데 웃픈 일이 더 많은 나라 여자

Part ° 03

곰 같은 여자가 진짜 곰 같은 남자를 만났다

Part ° 04

엄마, 우리들의 원더우먼

Part ° 05

옛날 사람 아닌데 자꾸만 옛 생각에 퐁당

쑥쑥 키가 크는 느낌,
어른이 되어도 계속 자란다

사람들은
다른 사람의 열정에
끌리게 되어 있어
자신이 잊은 걸
상기시켜 주니까

내 인생의 ——— 주인공은 나

남들 다 보고 유행이 한참이나 지난 뒤에야 뒷북치듯 보게 된 영화 〈라라랜드〉. 너무 감동적이라고 눈물을 훔치면서 몸은 40대지만 마음은 20대 여주인공 못지않다며 그 예쁜 여배우에 빙의하듯 콧노래를 흥얼거리고 발을 바닥에 따닥따닥 굴려 탭댄스 흉내를 내본다.

"사람들은 다른 사람의 열정에 끌리게 되어 있어.
자신이 잊은 걸 상기시켜주니까."
– 영화 〈라라랜드〉 중에서

엔딩 크레딧이 올라가는 사이 영화 속 명대사를 곱씹으며 〈라라랜드〉가 그렇게나 인기를 끌었던 이유를 짐작해본다. 누구나 꿈을 품지만 꿈을 이루기란 여간 어려운 게 아니다. 때때로 미루거나 포기해야 하는 순간을 맞기도 하는데 이 영화가 그렇게 밀리고 밀려 저마다의 가슴속 깊은 곳에 잠자고 있던 꿈을 '톡' 하고 깨워준 것이 아닐까 하는 생각이 들었다. 영화 속 주인공들을 보며 꿈을 이루기 위해 깨어 있는 사람은 어디서든 반짝반짝 빛이 난다는 걸 새삼 실감할 수 있었으니 말이다.

어린 시절 내게도 반짝반짝 빛나던 꿈이 있었다. 한동안 까맣게 잊고 있었던 그 꿈을 다시 떠올리게 된 건 2009년 그날의 충격에서 비롯됐다. 1년에 한 번 통과의례처럼 건강검진을 받고 몇 주가 지났을까, 나는 갑상선암 진단을 받았다. 병원에서는 가급적 빨리 갑상선 절제 수술이 필요한 상태라고 했다.

'암이라고? 내가?'

이게 대체 무슨 일이지? 병원에서도, 주변에서도 갑상선암은 예후가 좋아 '착한 암'이라고 할 정도이니 괜찮을 거라고, 금방 회복될 거라고, 크게 걱정할 것 없다고 했지만 막상 '암' 수술을 해야 한다니 눈앞이 깜깜해졌다. 우리 엄마 놀라실 텐데, 남편이랑 애들은 또 어쩌고, 만에 하나라도 잘못되는 건 아니겠지? 수술 잘 하고 나서도 마취가 깨지 않아 위험해지는 사람도 있다던데… 별의별 생각이 다 들었다. 한순간 삶보다 죽음에 더 가까워진 것만 같아서… 나는 두려웠다. 이대로 끝은 아니겠지?

빠르게 수술 일정이 잡혔다. 나는 직장도, 집안일도 모두 손을 놓고 얼마간 병원 신세를 지게 됐다. 입원 수속을 할 때까지만 해도 정신 똑바로 차려야 한다며 긴장을 늦추지 않았는데 병실에 눕자 기운이 쫙 빠졌다. 참 많은 생각들이 머릿속을 드나들었다. 나 참 부지런히 살아왔는데, 그런데 나, 무얼 위해 그렇게 쫓기듯 숨 가쁘게 살아온 걸까?

몸을 회복하는 게 우선이었다. 17년 차 직장 생활을 마무리한 나는 좀 쉬어야지… 다시 일을 시작하더라도 당장엔 조금 여유를 가져야지… 그렇게 마음먹었다. 그런데 막상 회사를 그만두니 마음이 조급해졌다. 우물 안 개구리로 살았구나 싶을 때가 한두 번이 아니었다. 내가 할 줄 아는 게 뭐가 있나 싶고, 가끔은 어쩌자고 17년이나 다닌 회사를 한순간에 그만두었나 싶기도 했다. 까딱하면 #경력단절녀가 될 찰나, 자고로 사람은 한 우물을 파야 한다던 언니의 권유로 나는 화장품 회사에 다닌 경력을 살려 메이크업 강의를 시작했다. 초보 메이크업부터 호감형 이미지 메이킹까지 찾아주는 곳은 어디든 발품을 팔면서 다시 예전만큼이나 바쁘게 생활을 이어갔다.

그러던 어느 날이었다. 무심코 SNS를 넘겨보다가 어느 세일즈맨의 계정에 시선이 고정됐다. 그는 여느 세일즈맨과 달랐다. 주문을 받으면 상품을 직접 쓴 편지와 함께 발송했는데, 그 편지가 범상치 않았다. 그걸 편지라고 하는 게 맞을까? 편지라고 하기엔 매우 짧은 메시지 수준이었는데 그 글씨체가 참으로 멋스러웠다. 상품을 택배로 받아본 고객들이 그의 손편지에 감동해 SNS에 감사 인사를 남긴다는 것이 충분히 이해됐다. 그때 알게 된 것이 바로 '손으로 그린 문자'란 뜻의 #캘리그라피다.

학창 시절의 나는 종일 교과서를 펼치고서는 무언가를 쉼 없이 끼적였으니 아마도 모르는 사람이 봤으면 공부 참 열심히 하는 학생으로 보였을 테지만 사실 공부에는 영 취미가 없었다. 교과서 여백에 온갖 것을 그리기 바빴던 아이. 나는 친구들의 얼굴을 곧잘 그렸고, 친구들이 좋아라 하면 그게 또 좋아서 교과서에 얼굴을 묻은 채 부지런히 그림을 그려댔다. 장래희망을 묻는 질문에 언제나 '화가'라고 대답했지만 그럴 형편은 못 됐다. 그래서 어디까지나 혼자서, 재미로 끼적이곤 했다.

캘리그라피를 알고 난 후 가슴이 쿵쾅쿵쾅 널뛰기 시작하더니 '아, 되게 재밌을 것 같은데… 잘할 수 있을 것 같은데… 한번 배워보고 싶은데…' 속앓이를 하게 됐다. 그 마음을 알아차린 남편이 먼저 "나, 당신 꿈을 지지해. 팍팍 지원해줄 테니 해보고 싶은 거 한번 해봐"라고 이야기를 꺼냈다. 그간 일하랴 살림하랴 건강 챙길 새도 없이 열심히 사는 나를 보고 늘 안쓰러운 마음이었다고 했다. 그러니 하고 싶은 거 하며 살 자격이 있다고도 했다. 나는 그렇게 마흔 넘어 다시 학생으로 돌아가 글씨학교에서 캘리그라피를 배우기 시작했다. '글씨에 내 생각을 담아 옷을 입힌다'는 말에 얼마나 마음이 설렜는지 모른다.

캘리그라피를 배우며 그림도 부지런히 그려보기로 맘먹었다. "혼자서 하루 한 장씩만 그려도 그림 그리는 거 배우지 않아도 된다"라는 어느 화가의 말에 용기가 생겨 '그렇다면 나는 매일 두 장씩' 그려보기로 나자신과 약속했다. 난생처음 전문 미술 도구를 장만하고선 괜히 울컥했다. 그러고는 #마설의그림일기 #마설이그린엽서 해시태그를 달아 SNS에 올리기 시작했다. 드러나게 해야 게을러지지 않을 것 같았다.

반신반의하면서 시작한 SNS 활동. 남편과 아들 딸 그리고 친정엄마까지 다섯 식구가 살아가는 소소한 이야기부터 내게 힘이 되었던 책 속 구절을 나만의 그림과 캘리그라피로 채워나갔다. 얼마나 신이 나고 재밌는지 참 부지런하게 쓰고 그리는 날들이 이어졌다.

일상을 기록하고 또 관찰하면서 새삼스레 알게 된 것들이 있다. 내가 참 많은 사람들과 인연을 맺고 있구나, 말하지 않아도 알 수 있는 '정'을 참 많이 주고받으며 살고 있구나…. 그러는 동안 나 자신을 많이 들여다보게 됐다. 내가 그랬구나, 나는 이렇구나, 하면서.

그 무렵 하루가 다르게 늘어나는 #좋아요 ♥를 보면서 저마다 다르게 사는 것 같지만 사람 맘은 참 닮은 구석이 많다는 생각이 들었다. 내 그림과 글씨를 좋아하고 응원해주는 분들이 많아질수록 더 좋은 메시지를 담아 함께 이야기하고픈 마음 또한 커졌다. 그리하여 오랜만에 만나도 어색하기는커녕 수다가 끊이지 않는 오랜 친구처럼, 답답한 속내 털어내고 마냥 기대고 싶은 옆집 언니처럼, 함께 수다 떨면서 "맞아, 맞아" 손뼉 마주칠 수 있는 그런 이야기들을 계속 쓰고 그리는 요즘, 나는 내 삶의 주인공으로 살고 있다. 마치 영화 〈라라랜드〉의 주인공처럼 말이다.

인생은 ———
놀이공원이야

인생은 놀이공원이야
해볼 건 다 해보고 나가야지 본전을 건지는 거야
우리는 자유이용권을 끊고 들어온 거예요
그렇다면 그게 아무리 무서운 놀이기구라도
또 아무리 오래 기다려야만 탈 수 있는 것이라도
다 타보고 나가는 게 좋겠어요
막상 타보면 당장 토할 것처럼 어지럽기도 하고
이제는 집에 가서 쉬고 싶을 만큼 지치기도 하겠지만
아직 날이 저물려면 멀었고
놀이공원 안에는 안 타본 것들이 너무 많아요
아마 집에 가면 푹 쉴 수 있을 겁니다
그러니 놀이공원 안에 있는 동안에는 잘 놀다가 갑시다
무료 자유이용권을 가졌다고 치자구요
그게 너무 부담스럽다면 빅파이브로 바꿔드릴게요
사는 동안 다섯 가지 정도 소원은 꼭 이루도록 합시다

— 김연수, 〈우리가 보낸 순간〉 (마음산책) 중에서

조금 가볍게 ——— 살아보자

갓 스물을 넘긴 조카아이가 집에 다녀갔다. 스무 살, 그냥 그대로 좋을 나이. 밖에 나가면 제법 숙녀티가 난다고들 하겠지만 이모인 내 눈에는 그저 애기다. 꽤 오랜만에 얼굴 보는 날인데 조카는 식구들과 저만치 떨어져 한쪽 구석에 쪼그리고 멍하니 앉아 있었다. 그러고 보니 학교 다닐 때보다 여드름도 더 나고 살도 좀 붙었다. 한창 멋 부리고 다니기 바쁠 때고만 무슨 일이 있나?

특성화고등학교에 진학했던 조카는 전교에서 자격증이 가장 많은 아이였을 만큼 하고 싶은 것도 많고, 의지도 강하고, 그만큼 성실했다. 취업도 일찌감치 결정되어 중소기업 임원 비서로 첫 직장 생활을 시작했다. 그런데 얼마 전 회사를 그만두게 됐다. 입사 6개월 만이었다. 역시, 그런 일이 있었구나. 오늘에야 그 소식을 들었다.

입사 3개월이 지나고부터 월급이 차일피일하더니 급기야 석 달이나 밀렸다고 했다. 첫 직장이라는 이유도 있고, 일하면서 정도 들고 해서 조금 지나면 주겠지 했는데 회사에서는 부도 위기에 처한 상황만 되풀이

그 고운 얼굴을 하고선
왜 그렇게 풀이 죽어 있나요
"괜찮아, 뭐 그럴 때도 있는 거지"
" 그래, 너무 심각해지지 말자"
" 좀 가볍게 살면 어때"

생각하기 나름이란 걸 잊지 마세요

할 뿐이었다고. 결국 조카는 담임 선생님과 친척 어른들에게 두루 조언을 받아 회사를 그만뒀다. 첫 직장에 대한 기대감이 꽤 있었을 텐데… 풀 죽은 조카를 보니 어찌나 짠하고 안쓰럽던지.

가끔 카페 옆 테이블이나 버스 뒷좌석에서 들려오는 앳된 목소리에 귀를 쫑긋할 때가 있다. 학점이 낮아서, 토익 점수가 생각보다 안 나와서, 취업 면접을 앞두고 이만저만 걱정이 아니라는 이야기들. 나도 그랬다. 취업 문제로 골머리를 앓느라 그 푸릇푸릇한 20대에 원형 탈모가 생겼었다.

선우야, 그 고운 얼굴을 하고선 왜 그렇게 풀이 죽어 있어!
너를 보니 네 나이 때의 이모가 생각나.
이모가 취업 스트레스 때문에 원형 탈모 생겼던 거 몰랐지?
그런데 말이야, 만약 이모가 지금의 네 나이로 돌아간다면
20대의 나에게 이렇게 이야기해주고 싶어.

"괜찮아, 뭐 이럴 때도 있는 거지.
너무 심각해지지 말자. 좀 가볍게 살아도 괜찮아."

네 고민이 별것 아닌 것처럼 보여서가 아니야.
'그거 뭐 별일 아니다, 그럴 수도 있다'라고 생각하면
신기하게도 정말 그렇게 되거든.
이모 한번 믿어봐!

조카보다 곱절로 나이를 먹은 지금도 매일 이런저런 고민 없는 날
이 없다. 어른이 되면 모든 게 다 해결되어 있을 줄 알았는데 나오는 건
한숨뿐인 날들이 얼마나 많은지. 가끔 친구들을 만나면 '내 고민이 더 심
각해'라고 내기하듯 한숨을 쏟아내기도 하는데, 고민도 걱정도 하면 할
수록 늘어나 내 어깨를 무겁게 할 뿐이다. 솜털처럼 가벼운 눈도 쌓이고
쌓이면 지붕을 무너뜨리는 것처럼 말이다. 기운 빠져 있는 조카를 보고
는 아차차 정신이 퍼뜩 차려진다.

나이 40에도 ———
　　　키가 큰다

두 시간이 어떻게 지나갔는지 모르겠다. 한 출판사의 북 콘서트 현장. 글씨학교 친구들과 함께 책 속 글귀를 캘리그라피로 선물하는 행사 진행을 부탁받았다.

"우리가 잘할 수 있을까?"
"그래도 기회가 너무 좋다. 한번 해보자!"
"근데 뭘 준비해야 하지?"

일주일 전부터 단단히 준비를 했는데도 막상 행사가 진행되니 정신이 하나도 없었다. 미리 준비해 간 엽서는 일찌감치 동이 났고, 콘서트 시작 두 시간 전부터 이어진 줄은 도무지 줄어들 기미가 보이지 않았다. 허리 펼 시간도 없이 잔뜩 긴장한 채로 꼬박 두 시간 글씨를 쓰고 나니 모두들 완전 녹초가 되고 말았다. 그때 기분은 뭐랄까… 고대하고 기대했던 학예회를 최고조의 긴장감 속에서 끝마친 초등학생의 기분이랄까?

어린 시절 바라봤던 어른은 무슨 일이든 당황하지 않고 척척 잘해

어른이 되었다고
뭐든 잘하는 것도 아니고
쉬운 일도 좀처럼 없다
여전히 서툴기만 한 어른아이
그렇게 매일매일의 경험이
나를 한 뼘 더 성장시킨다
때문에 매일 키가 크는 느낌

뿌듯해

내는 모습이었다. 그런데 막상 어른이 된 나는 좌충우돌 어린 시절과 별반 다르지가 않다. 어른이 되었다고 뭐든 잘하는 것도 아니고, 쉬운 일도 좀처럼 없다.

"나도 67세는 처음 살아봐요"라고 했던 어느 노배우의 고백이 귓가에 맴돈다. 나이가 많고 적고를 떠나 우리 생의 모든 순간은 '처음'의 순간이다. 어느덧 불혹을 넘어선 나도 지금 이 나이는 생전 처음이란 소리. 그렇기에 나는 나이 마흔을 넘기고서도 매일 새로운 경험을 하며 여전히 성장하고 있다.

어려서는 40대라는 나이가 가늠이 되질 않았다. 어른들이 들으면 시건방진 소리였겠지만 "난 서른까지만 살고 미련 없이 이 세상과 작별할 거야"라고 말하던 친구들이 꽤 있었다. 그런데 죽는 건 또 뭐 그리 쉽나? 치기 어린 시절의 이야기였으리라. 40대가 되었어도 어른은 무슨, 여전히 서툴기만 하니 나이만 먹었지 아직 애다. 나는 그렇게 40대를 살아간다. 마흔이 넘고도 쑥쑥 키가 크는 느낌으로 나의 성장은 현재 진행 중.

예방 주사 ————

3년 전 독서모임에 나간 적이 있다. 문화생활이라는 걸 좀 해보고
싶은데 뭐가 좋을까 고민하다가 독서모임이라는 게 있다고 해서 귀가 솔
깃해졌다. 지금 생각하면 낯가림 심한 내가 어디서 그런 용기가 생겼는지
모르겠다.

안절부절못하던 내게 먼저 다가와 인사를 건넨 그녀는 참 매력적
인 사람이었다. 뽀얀 피부에 차분해 보이는 인상은 같은 여자가 봐도 정
말 고왔고, 얼굴만 고운 게 아니라 어느 자리에서나 자연스럽게 분위기를
이끌어갈 줄 아는 점이 정말 멋있었다. 낯선 사람들 앞에 서면 필요 이상
으로 긴장한 탓에 할 말도 제대로 못하고 버벅대는 나와 달리 자기 생각
을 조곤조곤 잘도 말하던 그녀는 또래이지만 닮고 싶은 점이 참 많은 사
람이기도 했다. 사회생활하면서 새로운 친구 사귀기가 참 어렵다고들 하
는데 독서모임을 계기로 나와 그녀는 여느 친구 사이 못지않게 서로 속
마음 터놓고 이야기할 만큼 가까워졌다.

어느 날, 얼굴 못 본 지 꽤 됐다 싶어 전화를 할 참이었는데 그녀에

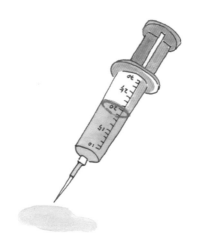

이리 치이고 저리 치이고
마음이 시달릴 때면
예방 주사 한 방 맞는 거라고
눈 한 번 찔끔 감고 털어버려요
이 또한 지나가리라……

게서 먼저 전화가 걸려왔다. 언제나 반가운 그녀 목소리. 언제나 마음 씀씀이 좋은 친구. 그녀는 인사이동이 있어 새로 맡게 된 업무를 파악하느라 정신없이 바빴다고 소식을 전했다. 그런데 어쩐 일인지 목소리가 조금 가라앉아 있었다. 매사 긍정적이고 에너지 넘치는 친구인데…. 피로가 쌓인 거겠지? 설마 별일이야 있겠나 싶어 속으로 삼키는데 좀처럼 앓는 소리를 하는 법이 없던 그녀가 사실은 요즘 많이 힘들다고 말을 꺼냈다.

조금 놀라기도 했고 걱정도 됐다. 이유인즉, 이동한 부서의 남자 상사 하나가 사사건건 트집을 잡는 바람에 회사에 출근할 때면 꼭 지옥에 끌려가는 기분이 든다고 했다. 차라리 몸이 고된 게 낫지 무슨 일을 해도 지금처럼 힘들 것 같진 않다고 말이다. 힘겨워하는 친구를 보니 마음이 쓰렸다. 위로를 해야 할지, 응원을 해야 할지, 아니면 속이라도 시원하게 그 상사 놈 욕을 해버려야 할지….

전화를 끊고서 한참 멍하게 앉아 있는 동안에 어릴 적 그렇게도 싫어했던 예방 주사가 떠올랐다. 잠깐 따끔하면 되는데 그게 어찌나 싫던

지, 엄마 손에 이끌려 간 병원에서 입을 쭉 내밀고 징징거렸던 게 몇 번이
던가. 눈 감고 딱 몇 초만 참으면 되는데 도무지 익숙해지지가 않았다. 그
런데 몇 초 따끔하고 나면 언제 눈물을 찔끔거렸나 싶게 "주사 뭐 별거
아니네" 하면서 날아갈 것처럼 가벼운 발걸음으로 막대 사탕을 입에 물
곤 했다.

　친구야, 내 친구 효현아!

　네가 내 친구여서 얼마나 감사한지 몰라. 처음 만났을 때부터 오래
된 친구처럼 마음이 편했어. 힘들면 언제든 연락하라던 너는 언니 같은
친구였어. 언제고 기댈 수 있을 것만 같은 따뜻하고 넉넉한 사람. 늘 사람
들을 배려해주고 존중해주는 네 모습을 보면서 네가 얼마나 널 닮고 싶
어 했는데… 네가 힘들어하는 모습을 보니 내가 더 속상하고 그래. 네가
날 끌어줬던 것처럼 나도 네게 힘이 되고 싶은데…

누구보다 눈부시고
누구보다 아름다운 너
내 눈엔 보여
네가 얼마나 좋은 사람인지
네가 얼마나 멋진 사람인지

누구보다 눈부시고, 누구보다 아름다운 너.

내 눈엔 보여.

네가 얼마나 좋은 사람인지, 멋진 사람인지.

'이 또한 지나가리라'고들 하잖아.

지금의 어려움, 우리 예방 주사라고 생각하자.

눈 한번 찔끔 감고 넘겨버리는 거야.

누구도 널 함부로 흔들 수 없어.

누구에게나 ─────
괜찮지 않은 날이 있다

가끔씩 딱히 무슨 일이 있는 게 아닌데도 한없이 기분이 가라앉을 때가 있다. 딴에는 열심히 한다고 하는데 성과는 없는 것 같고, 정말 쉬운 일은 하나도 없는 것만 같을 때. 괜찮은 척도 해보지만 사실은 하나도 괜찮지 않은 날. 정말 그런 날엔 방바닥에 엎드린 채 꼼짝하기가 싫다.

잠이 지겨워질 때까지 잠만 자고 싶은 날,
이불 뒤집어쓰고 자다 깨다 자다 깨다 만화책 보고픈 날,
아무것도 안 하고 있지만 더더욱 아무것도 하고 싶지 않은 날,
토요일은 대체 언제 오는 거냐! 심술 낼 기운도 없는 날.

나만 이런 거 아니죠?

그래요, 누구에게나 그런 날이 있어요.
그러니 그런 날엔 격렬하게 아무것도 하지 말아요.
그래도 괜찮아요!

바쁠 거 하나 없다

종일 가쁜 숨을 몰아칠 만큼 바빴던 하루였다. 막히는 도로 위에서도 조바심은 가실 줄 모르는데… 신호 대기 중 차창 밖으로 보이는 예쁜 카페에 마음을 빼앗겼다. 왜 난 저 좋은 풍경 속 주인공이 되지 못하는 걸까? 카페에 앉아 차 한 잔 마실 여유도 없이 산다는 건 아무래도 너무 재미없는 일상 아닌가? 그런데 나 정말 그 정도로 바쁜 건가?

문득 내가 너무 동동걸음 치며 살고 있다는 생각이 들었다. 딱히 바쁠 것 없는 날에도 바빠야만 제대로 잘 살고 있는 것만 같은 기분이 들어서… 바쁘지 않으면 뒤처지는 것 같아서… 그래서 딱히 바쁠 것 없는 날에도 바쁜 척을 하며 "바쁘다, 바빠"를 입에 달고 사는 건 아닌지.

현관에 벗어놓은 운동화를 보니 산 지 얼마 안 된 것 같은데 꽤 많이 헤졌다. 주인 잘못 만나 고생인 것 같아 괜히 안쓰러운 마음이 든다. "많이 힘들었지? 느슨하게 끈 좀 풀어줄까?" 결국은 내게 하는 말. 맘을 바꿔 먹기로 했다. 바쁠 것 하나 없다고.

너무 동동걸음 치며 살고 있는 걸까?
딱히 바쁠 것 없는 날에도
바빠야만 제대로 잘 살고 있는 것만 같아서
바쁘지 않으면 뒤처질 것만 같아서

신발끈을 느슨하게 푼다
그래, 바쁠 것 하나 없어!

어른인 나에게도──
      필요한 말

오늘도 많이 힘들었지?
수고했어
잘했어
열심히 하는구나
괜찮아 괜찮아
사랑해
푹 쉬어
그 정도면 충분해
자, 용돈 받아
좀 놀아라
우리 맛있는 거 먹자
네 맘대로 해
그래, 잘했어 아주 잘했어
그래, 그렇지 네가 맞아
아니, 괜찮아 얼마든지 그럴 수 있어
아니야, 걱정마 아빠도 네 나이 때
그런 실수 숱하게 했어
실수는 누구나 다 하는 거야
그건 좋은 경험이야

- 조정래, 〈풀꽃도 꽃이다〉(해냄) 중에서

난 ———————
소중하니까요

학생 때는 방학이 있어 그래도 좀 여유가 있었는데 어른이 되니 이
게 참 아쉽다. 휴가를 가고 싶어도 돈 있으면 시간이 없고, 시간 있으면
돈이 없다는 우스갯소리가 농담처럼 들리지 않는 현실. 그런데 꼭 멀리
떠나야만 하는 걸까?

휴식이 필요할 땐 그냥 쉬는 거다. 편안하게, 마음의 벽을 허물고.
저 멀리 휴양지가 아니면 어때? 남들 부러워할 거 하나 없다. 내가 가장
편히 쉴 수 있는 공간에서 내가 가장 좋아하는 것들을 누리면 그만이다.
나에게 친절한 사람이 타인에게도 친절할 수 있는 법이니까. 여유라는 거
사실 내가 만드는 건데 핑계가 참 많았다.

한 번뿐인 인생! 우리나라에서만 그렇게 이야기하는 게 아니었네?
#욜로 YOLO! You Only Live Once의 약자란다. 얼마 전까지만 모두들
'휘게! 휘게' 하더니 이제는 욜로 라이프가 대세. 그래, 인생은 한 번뿐이
지. 그래서 다들 열심히 살잖아? 그런데 한 번뿐이니 나중이 아닌 지금
행복하자고 말하는 욜로! 뒤통수를 한 대 얻어맞은 것 같았다. 우리는,

여유라는 거
사실 내가 만드는 건데
핑계가 참 많았다
일상 속에서 찾는
낯설고도 달콤한 시간

아니 나는 행복해지려고 행복을 포기하며 살았던 건 아닐까? 나중에 더 행복해질 거라 믿으며 그날그날의 행복을 놓치고 살았던 건 아닐까? 알수 없는 미래에 투자하느라 많은 것들을 포기하며 살아온 날들이 떠올랐다.

다음 주말에는 누가 뭐래도 한껏 여유를 누리겠노라 다짐한다. 여느 때와 다름없이 아침 일찍 눈이 떠지겠지만 다시 누워 잘 때까지 자봐야지. 그리고 배가 고프다 싶으면 입맛대로 먹고 싶은 배달요리를 시켜 먹어야지. 세상 게으르게 반신욕을 하면서 유한마담 흉내도 내봐야겠다. 가급적 최대한 내 중심적인 시간을 가져야지.

재충전, 힐링, 리프레시.
이런 거 꼭 멀리 떠나야,
좋은 데 가서 비싼 거 먹어야 하는 건 아니더라.
일상 속 낯설고도 달콤한 시간을 찾아본다.

어쩌면
낮잠을 자는 것만으로
충분할지 모를 일
당신의 '꿀잠'을 기원합니다

상상만으로도 설레는 여행

그러나저러나 ───
          떠나고 싶다

쉬는 이야기가 나와서 말인데 요즘 진짜 해외여행을 즐기는 사람들이 많아졌다. 남녀노소 할 것 없이 저마다의 스타일대로. 예전에는 몇 박 며칠 안에 최대한 많은 나라, 여러 도시를 다녀오는 스파르타식 패키지 여행이 인기였다면 요즘은 일주일이든 한 달이든 제법 긴 시간 동안 한두 도시에서 '살아보는' 여행이 또 인기라고 한다.

좋다는 데 다녀와서도 얼마 못 가 또 떠나고 싶고, 정작 떠나 있을 때보다 떠나기 전 공항패션으로 한껏 차려입고 공항 갈 때가 가장 설레는… 여행이란 게 그렇다.

때때로 여행 가는 상상을 한다. 여행사 홈페이지에 들어가서 일정을 선택하고 항공편에 숙박, 옵션까지 클릭 한 방으로 견적도 뽑아본다. 결제 전 단계까지, 마치 당장이라도 떠날 수 있을 것처럼 말이다. 상상하는 것만으로도 설레는 게 여행이니까. 상상으로는 세계 일주도 가능하다. 현실은 모니터 속에 갇혀 있지만 그렇게 잠시 기분 전환을 해본다.

당신, 웃는 얼굴이 참 예뻐요

안녕하세요?

학교에서 돌아온 딸아이가 입을 삐죽이며 이야기를 꺼냈다. 학교에 참 예쁜 선생님이 한 분 계신데 매번 인사를 해도 받아주지 않고 무표정한 얼굴로 지나쳐 가신다고 했다. 그래서 처음엔 자기가 뭐 잘못한 게 있나 싶었는데 친구들 말이 다른 친구들에게도 똑같이 그러신다고.

'선생님도 참… "안녕!" 이 한마디면 되는데… 하기야 교사 수보다 학생 수가 훨씬 많으니 오죽 힘이 들까…' 속으로 이렇게 생각하면서도 선생님을 보면 꼬박꼬박 인사 잘 하고, 혹시라도 절대 버릇없이 굴지 말라고 아이를 타일렀다. 그렇게 말을 하고 나니 무뚝뚝한 선생님 때문에 마음이 상한 건 우리 아이인데 아랫사람으로서의 예절만 강요한 것 같아서 아이에게 미안해졌다.

"안녕!" "잘 지냈어?" "밥은?" 이 짧은 인사에 인색해질 때가 있다. 내 기분이 그리 좋지 못해서, 낯설고 서먹한 사이에 서로 눈치를 보느라, 또 이런저런 이유로. 재고, 따지고, 눈치 살필 것 없이 당연하게 누구라도 먼저 본 사람이 먼저 반가운 마음을 표하면 되는 건데…. 기분이 울적할 때면 더더욱 활짝 웃는 얼굴로 "안녕?" 하고 인사를 해보는 거다. 그렇게 내뱉고 나면 정말 안녕할 수 있는 에너지가 샘솟기도 하니까.

그거 아세요?
세상에서 가장 예쁜 사람이 누구인지?
바로 활짝 웃는 당신입니다.

소중한 ─────
　　　친구

　　친구의 생일을 앞두고 한참을 고민했다. 어떤 선물이 좋을까? 주는 사람도, 받는 사람도 부담스럽지 않고 좋은 선물 없을까?

　　친구의 생일, 마음에 들지 모르겠다며 조금 쑥스러운 얼굴로 선물 꾸러미를 내밀었다. 마음에 안 들면 어쩌나… 이게 뭐라고 가슴이 두근 두근했는데 선물을 받아 들고 "어머, 어쩜, 아, 너무 고마워. 정말 감동이야" 하며 웃던 친구의 표정을 지금도 잊을 수 없다.

　　내 보기엔 언제나 소녀 같은 친구 인영이. 나는 그녀의 예쁜 모습을 그림으로 그리고 그녀에게 해주고 싶은 말을 캘리그라피로 적어 작은 액자를 만들었다. 말로 하기엔 쑥스럽지만 글과 그림으로 담을 땐 용기가 생기곤 한다. 그렇게 담아낸 소박한 내 진심. 나와 함께 캘리그라피 공부를 한 그녀는 누군가에게 글을 적어주기만 했지 이렇게 선물을 받아본적은 없다며 연신 고맙다고, 고맙다고 했다.

　　요즘은 초등학생들도 생일 선물을 주고받으면서 브랜드를 따진다는 말에 꽤 충격을 받았다. 선물은 그런 게 아닌데….

　　나이를 먹을수록 친구의 가치는 더 높아진다는 말을 들었다. 아무리 가까워도 남편이나 자식과는 할 수 없는 이야기가 있기 마련. 정말 한 해 두 해 지날수록 실감하는 바, 나는 특히나 글씨학교에서 만난 친구들에게 많이 의지하고 있는데, 인영이도 그곳에서 만난 친구다. 공통 관심사로 만나게 된 인연이라 그런지 서로 작업을 하다가 힘들었던 부분을 함께 스터디하며 채워가는 게 얼마나 즐거운지 모른다. 마흔에도 서로의 꿈을 이야기할 수 있는 친구가 있다는 건 참 감사한 일이다. 누가 알아주랴 이 내 마음!

　　인영아, 너와 친구로 지낼 수 있어 정말 행운이야.
　　이 땅에 친구라는 이름으로 와줘서 정말 고마워.

'친구'라는 이름의 너
정말 고마워

♪♪

크지 않아도 괜찮아요
마음이 느껴지는 선물이라면
그 마음과 정성에 가슴 뭉클
뜨거운 것이 올라와요

선물의 ───── 의미

작년 요맘때 정말 따뜻한 선물을 받은 기억이 있다. 언제 만나도 매번 한결같이 환한 미소로 반갑게 인사하는 혜미 씨가 그날은 아주 조심스레 내게 줄 게 있다며 사람들 모르게 슬쩍 눈짓을 했다. 무슨 일이지? 궁금해하며 혜미 씨 뒤를 따라갔다.

혜미 : 아이가 둘이라 하셨죠?
마설 : 네.
혜미 : 이거 받으세요.
마설 : 이게 뭐예요?
혜미 : 별거 아니에요.

뭐 그리 대단한 건 아니라고 말한 그녀는 요구르트 젤리 두 개를 내 손에 쥐어줬다. 몰랐는데 편의점에서 예약 주문해야만 살 수 있는, '제2의 허니 버터칩'이라고 소문난 바로 그 젤리였다. 그러고 보니 SNS에서 본 기억이 났다.

달달한 요구르트 젤리를 들고 집으로 돌아가는 길, 괜스레 뭉클한 기분이 들었다. 그녀 말마따나 작은 선물일 수도 있지만 나를 떠올리고, 우리 아이들을 생각해준 그 마음 씀씀이가 정말로 고마웠다. 선물이 작다고 마음도 작은 건 아니다. 가만히 다짐을 하게 된다. 그녀처럼 작지만 기쁨이 될 수 있는 그런 선물을 할 줄 아는 사람이 되어야겠다고.

니체가 말하길, 값진 삶을 살고 싶다면 날마다 아침에 눈뜨는 순간 이렇게 생각하라고 했다. 오늘은 단 한 사람을 위해서라도 좋으니 누군가 기뻐할 만한 일을 하고 싶다고…. 암요!

오늘은 단 한 사람을 위해서라도 좋으니
누군가 기뻐할 만한 일을 하고 싶다

빈자리가 ——— 필요해

주는 거 없이 참 미운 사람이 있다. 그런데 밉다고 피할 수 있는 관계가 아닐 때 참 난감하다. 내 경우에는 "이거 비밀인데…" 하고서는 누군가를 험담하는 사람이 참 밉고, 피하고 싶은 사람이다. 비밀이라는 레퍼토리는 참 한결같다. 자신의 비밀이 아니라 누군가에 대한 안 좋은 이야기를 전할 때가 대부분. 이야기를 듣고 있자면 그런 비밀스러운 이야기를 해줘서 고마운 게 아니라 말을 옮기는 그 사람에 대한 실망감이 걷잡을 수 없이 커진다. 그리고 얼마 못 가서 돌고 돌아 그 사람이 나에 대해 이러쿵저러쿵했다는 이야기도 듣게 된다. 여기서는 이 사람, 저기서는 저 사람 흉을 보는 심리는 대체 뭘까? 실망감은 미움으로 전환되고, 결국엔 나도 그 사람을 흉보게 되는 악순환이 되풀이된다.

우리 마음은 생각만큼 넓지가 않다. 그런데 왜 못난 마음을 억지로 끼워 넣어 서로 미워하고 아파하는 걸까? 그래서 결심했다. 미운 사람은 마음에서 비워내기로. 그 빈자리는 소중하고, 고맙고, 좋은 사람들로만 가득 채우기로.

못난 마음까지 억지로 기워 넣어
미워하고 아파하기엔
우리 마음은 생각만큼 넓지가 않다
미운 마음은 비워내고 그 빈자리는
소중하고, 고맙고, 좋은 것으로만
가득 채우기를

한숨 돌리는 ——— 타이밍

얼마 전 책에서 이런 구절을 읽었다. 사람이 너무 오래 서 있으면 초조하고 짜증이 난다고. 그럴 땐 그 사람이 왜 짜증을 내는지 추론하지 말고 살포시 의자를 내주라고.

생각해보니 내가 그랬다. 지치고 힘들다는 이유로 불쑥불쑥 특히나 가까운 사람들에게 짜증을 쏟아낸 적이 한두 번이 아니다. 잠시 자리에 앉아 숨을 돌릴 것이지… 내 투덜거림을 다 받아줄 것만 같아서 그만 어리광을 피우고 말았다.

이제 딱히 짜증 날 이유가 없는 것 같은데 꿀꿀한 기분이 스멀스멀 올라올 때면 무조건 한자리 차지하고 앉아야겠다. 한숨 돌릴 타이밍, 휴식이 필요한 시간일 테니까.

자자, 진정하고 앉아서 한숨 돌려

수박의 꽃말, ——
            큰마음

수박의 꽃말은 큰마음
그놈 딱 어울리는 꽃말을 가졌다
나도 수박 같은 사람이 되어야지

외출했다가 집으로 돌아가는 길에 수박 한 덩이를 샀다.

온 가족을 시원하게 해줄 큰마음 하나를.

매일 ——————
싱그러울 수 있는 이유

　버스를 기다리다가 무심코 뻣뻣해진 고개를 오른쪽 왼쪽, 위로 아래로 젖히는데… 고개 따라 힐끗힐끗 시선 저 끝에 닿는 하늘이… 참 파랬다. 고개가 꺾어져라 한참을 뒤로 젖히고 하늘을 바라보자 이번에는 가로수 나뭇잎이 눈에 들어온다. 어쩜, 원래 이렇게 싱그러운 초록이었나? 바쁘다는 이유로, 미세먼지 가득한 도시라는 핑계로, 매일매일 고개 푹 숙이고 움츠리며 다녔던 내 모습이 민망해진 날이었다.

　집으로 돌아와 구석구석 꼼꼼히 살펴본다. 갑갑한 기분이 들 때면 집 안이 더 칙칙해 보이는 것 같다. 그래, 이참에 집 안 분위기를 초록빛 나는 것들로 바꿔보자! 집 단장 잘한다는 사람의 SNS를 보고 따라 해보기도 하는데, 사실 값비싼 인테리어가 필요한 건 아닌 것 같다. 물을 자작하게 담은 접시에 나무 이파리 하나, 꽃 한 송이 띄워두는 것만으로도 싱그러운 기운이 가득해지니까. 오늘 낮 그 푸른 하늘, 가로수 잎사귀를 봤을 때처럼.

3천 원의 ───────
         재미

요즘은 확실히 현금보다 카드를 많이 쓰게 된다. 그래서 지갑 안에 천 원짜리 한 장 들어 있지 않은 날이 많아졌는데, 얼마 전 라디오에서 흘러나오는 이야기를 듣고서는 주머니에 3천 원 정도는 챙겨 다니기로 했다. 살을 에는 겨울 날씨에 동동걸음을 옮기지만 우리 마음이 훈훈해지는 건 따뜻한 바람이 나오는 히터 앞이 아니라 길거리에서 호호 불어가며 먹는 어묵 한 꼬치, 호떡 한 장, 붕어빵 한 입에 있는 거라는 말에 격하게 고개를 끄덕였으니까.

생각해보니 길거리 노점 앞을 지나가다 몇 번이나 그랬던 경험이 있다. 딱히 배고프지 않았지만 침이 꼴깍 넘어가는데 뒤져보니 현금은 없고, 주변에 마땅히 현금지급기는 보이지 않고, 그러고 나면 평소 그리 좋아한 것도 아닌데 그 주전부리가 종일 머릿속에 맴돌았다. 가진 것은 많지 않아도 마음은 넉넉하게 가지는 게 사는 재미 아닐까? 우리는 단돈 3천 원으로 행복을 맛볼 수 있다.

가진 것은 많지 않아도
마음은 넉넉하게 가지는 게
사는 재미

책의 위로,
행복한 가르침

마음이 싱숭생숭하거나 뒤죽박죽일 때가 있다. 누군가에게 기대어 위로받을 수도 있지만 때로는 그 누구에게도 그런 마음을 들키고 싶지가 않다. 그럴 때면 나는 책 속으로 피신한다. 혼자서 가만히 마음을 다독일 수 있어서 책 속 좋은 구절을 반복해서 읊고, 몇 번이고 곱씹는다. 나는 그 과정을 거치며 자연스레 필사를 하게 됐다. 법륜 스님이 쓰신 《법륜 스님의 행복》은 몇 번이나 다시 읽었는지 모른다. 특히 표지를 넘기자마자 나오는 짧은 글귀는 생각날 때마다 주문을 외우듯 조용히 읊조리게 되는데, 읽고 있으면 마음이 정화되는 것처럼 느껴지는 법구경이다.

행복도 내가 만드는 것이네
불행도 내가 만드는 것이네
진실로 그 행복과 불행
다른 사람이 만드는 것 아니네

행복도 내가 만드는 것이네
불행도 내가 만드는 것이네
진실로 그 행복과 불행
다른 사람이 만드는 것 아니네

Part 02

우아하고 싶은데
웃픈 일이 더 많은 나란 여자

내 눈엔 ──────
　　　꽃만 보여

1월의 고고한 동백

2월의 소박한 살구꽃

3월엔 우아한 목련

4월엔 화사한 벚꽃

5월의 새빨간 장미

6월의 탐스런 수국

7월은 그윽한 능소화

8월은 활짝 웃는 해바라기

9월엔 하늘하늘 코스모스

10월엔 향긋한 국화

11월의 올망졸망 구절초

12월의 새침한 수선화

나이가 들면 꽃만 보인다더니 정말 눈 닿는 곳마다 꽃만 보인다. 포장지로 곱게 싼 꽃다발보다는 흙바닥에서 피고 지는 꽃송이에 더욱 정이 가는데, 이렇게 꽃만 보면 반가워서 #꽃중년이라 하는 건가?

"벚꽃은 진해 아니겠어?" "어디서 수국 축제 한다던데…" 다달이 꽃 타령이 늘어만 간다. 그렇게 꽃 타령을 하다가 친정엄마의 첫 '꽃놀이' 이야기를 듣게 됐다.

때는 30년 전으로 거슬러 올라가 1989년의 봄날, 엄마는 동네 아주머니들과 진해로 난생 첫 꽃놀이를 가게 됐단다. 종갓집 며느리로 어른들 모시고 사느라 제대로 된 여행 한 번 다녀오기 힘들었던 엄마다. 꼭두새벽같이 일어나 몇 시간이고 이동을 했지만 피곤한 줄 모르고 차창 너머 보이는 풍경에 연신 싱글벙글 얼마나 설렜는지 몰랐다고 했다. 그렇게 도착한 진해였는데, 도착하자마자 비가 억수같이 쏟아져 버스에서 내리지도 못한 채 꽃비는 무슨, 차창을 때려대던 빗줄기만 넋 놓고 보다 돌아왔다는 웃지 못할 추억.

속으로 '내 다시는 벚꽃 보러 안 간다!' 그랬을 법도 한데 요즘 말로 '폭망'한 그 꽃놀이를 이야기하면서도 엄마 얼굴에는 미소가 한가득이다. 잔뜩 기대를 안고 버스에 올랐을 그때처럼 말이다. 그래, 엄마가 정말 꽃

구경하고 싶어서 그렇게나 꽃놀이를 고대했던 것은 아닐 거다. 자신보다 늘 식구들이 우선이었던 엄마에게 그 한나절 나들이는 얼마나 달콤한 시간이었을까? 그 시절의 엄마 나이가 되어서야 그날의 엄마 마음을 조금 알 것 같다.

엄마, 요즘은 서울에서도 계절마다 꽃 축제가 열려요.
우리 꽃구경 갈까요?
이왕이면 계절마다 딸이랑 데이트합시다.
나란히 팔짱 끼고 나풀나풀 춤을 추듯이 어때요?
어느덧 할머니가 된 엄마와 아줌마가 된 딸이지만
활짝 핀 꽃송이에 웃음꽃 피울 줄 아는 우리잖아요.
엄마, 우리 꽃답게 살아요.

활짝 핀 꽃송이에
웃음꽃이 활짝 피어난다
우리 꽃답게 살아요

44효과,
믿고 싶었습니다

　키가 껑충 크고 마른 편이긴 하지만 나는 단 한 번도 #44사이즈였던 적은 없다. 사실 내가 한창 외모에 민감했던 학창 시절에는 44사이즈라는 개념도 없었다. 그때는 〈보랏빛 향기〉를 부르던 강수지 언니가 요즘 말하는 44사이즈처럼 워너비 체형이었는데, 이슬만 먹고사는 건지 걸음걸이며 몸짓 하나하나가 눈송이가 내려앉듯 어쩜 그리 사뿐사뿐 가벼워 보였을까?

　고등학교 1학년 때, 우리 반에도 그렇게 하늘하늘한 애가 있었다. 여느 여자아이와는 사뭇 달랐던 그 친구. 내가 좋아했던 수학 선생님도 그 애한테만은 혼낼 일도 그냥 넘어가는 등 유독 특별대우를 하는 것만 같았으니 내가 꼭지가 돌아, 안 돌아? 나는 질투의 화신이 되어 그녀 못지않게 보호본능을 마구 자극하는 여인이 되겠노라 혹독한 다이어트에 돌입했다. 그러나 일주일 뒤, 보란 듯이 미녀로 거듭나겠다는 내 야심찬 계획은 물거품이 됐다. 얼마나 미련하게 다이어트를 했는지 위경련이 일어났으니 말이다.

44, 아니 55라도 좋다. 입고 싶은 옷, 사이즈 고민 없이 입을 수 있는 여자들은 얼마나 좋을까? 무식하면 용감하다고 살 빼서 입을 거라고 맞지도 않는 옷을 사다 걸어놓고 끝내 감상만 하고 말았던 적이 대체 몇 번이냐! 어처구니가 없는 건 정말 세 살 버릇 여든까지 가려는지 여전히 내 체형 따위는 안중에 없이 예뻐 보이고, 날씬해 보이는 옷을 덥석 사고 본다는 점이다. 더 웃긴 건 똑같은 디자인, 똑같은 재질이라도 쇼핑몰 이름이 좀 더 젊게 느껴지는 쇼핑몰에서 산다는 것. 같은 값이면 '마담'보다는 '미시'이고 싶은 마음이랄까?

이런 나를 솔깃하게 만든 것이 있었으니 바로, #44효과 원피스!!! 말 그대로다. 내 몸이 44사이즈는 아니지만 이 원피스를 입으면 44사이즈인 것처럼 날씬하게 보인다는 SNS 의류 광고. 내 손가락들이 제멋대로 움직여 이용 후기를 탐색하기 시작했다. 빅 사이즈 체형의 구매자들도 44효과를 보았노라 입을 모아 '간증'하고 있었다.

이틀 후 "택배 왔습니다" 세상 반가운 택배 기사님의 우렁찬 목소

빠효과라니, 정말?
이제 그만 속을 때도 됐는데
매번 이리도 혼이 빼앗겨서는
입지도 못할 옷을 덥석 …
정말로 믿고 싶었습니다

리. '44효과라니, 후훗. 내 아주 당당하게 포토 후기를 남기겠어!' 호기롭게 택배 박스를 개봉한 나. 다음 생에는 그저 무난하게 표준 사이즈로 태어나고픈 이 여인네가 한 말씀 올립니다.

"44효과? 이런, 얼어 죽을…."

내 뼈마디는 태생이 달랐다. 이번 생에 나는 절대 강수지로 살 수가 없는 거다. 나이는 어디로 먹었나? 이만큼 나이 들었으면 이제 그만 속아도 되잖아? 어째 매번 이리도 혼이 빼앗겨서는…. 그렇지만 믿고 싶었다, 44효과. 정말로 믿고 싶었다.

저도 중년은 ────── 처음입니다

"여든이 되어도 하이힐을 신는 여자로 살겠어!" 참 꿈도 야무졌네. 여든은커녕 그 절반을 살짝 넘어선 지금도 하이힐이 엄두가 나질 않으니 말이다. 그런데 요 며칠 전, 시어머니께서 언뜻 "하이힐을 포기하는 순간 여자의 예쁜 삶도 포기하게 되는 것 같다"라고 말씀하시는 것이 아닌가? 어머나, 나 진정 늙어버린 건가?

세 살 위의 친언니가 "네가 언제까지고 아가씨 소리 들을 줄 아나 본데 세월 앞에 장사 없다. 한 해 두 해 더 지나면 너도 달라질 거야"라고 핀잔을 주던 때가 몇 해 전이었던가? 30대 후반까지만 해도 20대 때와 그다지 몸무게 차이도, 체형 변화도 없었던 나는 언니의 말을 귓등으로 넘겼다.

나보다 3년 먼저 40대가 된 언니의 충고는 이제 내게 '극사실주의'로 재현되고 있다. 내 아랫배 언저리에서 백과사전만 한 두께의 무언가가 잡힌다. 등에 잡히는 이 물컹한 건 또 뭐지? 길 가다가 반가운 얼굴을 만나도 손 흔들기가 두렵다. 그리 세게 흔드는 것도 아닌데 팔뚝 아래 살이

아줌마라서
아줌마라 부르는데
그 아줌마 소리에
막 서운한 마음이 드는 게
바로 여자 마음

묵직하게 출렁인다. 거기다 까만 생머리에 흰색 실 가닥이 하나둘 생기더니 이젠 염색을 해야 하나 고민할 만큼 뽑기도 감추기도 힘들어졌다. 격변하는 신체 변화에 나이 들어가고 있음을 실감하는 요즘, 문득문득 심란한 기분이 든다. 나도 늙는구나.

신체적 변화는 그래도 시간이 지나면 차츰 받아들이게 된다. 그런데 아무리 그래도 누군가 보란 듯이 #아줌마라고 꼬집어 부르면 와르르 무너지고 만다. 아줌마 맞는데도 정말이지 아줌마 소리는 도무지 적응이 안 된다.

'아줌마? 지금 나 부르는 건가?' 주변을 두리번거리며 나 아닌 척도 해보지만 그럴 땐 귀신같이 나 말고 아무도 없다. 그러니 아줌마 소리를 들으면 처음엔 당황스럽다가 이내 기분이 나빠진다.

나? 나요?
왜! 아줌마 왜! 왜요!

저도 중년은 처음이라 한창 적응하는 중입니다. 그렇지만 이게 참 쉽지가 않거든요? 굳이 아줌마라고 확인시켜주지 않아도 저, 제가 아줌마인 거 알아요. 그러니 자극하지 말아주세요.

나 혼자 오버해서 개멋 부린 날
왜요, 너무 평범한 건 재미 없잖아요?
가끔은 조금 뻔뻔해져도 괜찮아요

개멋 ————

　　남편 회사에서 부부동반 모임이 있던 날이다. 이래 봬도 내로라하
는 화장품 회사에 17년 근속하고, 메이크업 아티스트로도 활동했던 몸
이다. 소싯적 내 감각이 보통 감각은 아니었지, 암, 그렇고말고. 나는 한낮
부터 멋 부리기에 여념이 없었다. 사람들이 내게 유독 잘 어울린다고 했
던 블루 컬러의 아이섀도가 마구 당기는 그런 날이었다. 그래, 오늘은 너
로 정했다!

　　나는 블루 톤 아이섀도에 노란 꽃무늬가 화사함을 뿜어내는 원피
스를 차려입고 집을 나섰다. 허리를 꼿꼿하게 세우고 그 누구보다 당당하
게! 패션의 생명은 자신감이니까.

　　약속 장소에 다다르니 저 멀리서 손 흔드는 남편이 보인다. 조금씩
거리가 좁혀질 때마다 남편이 고개를 앞으로 빼고 내 얼굴을 더듬는다.
그리고 마침내 얼굴을 코앞에 마주하고는 고개를 저만치 뒤로 뺀다.

　　"헐! 사람들이 나한테 맞은 줄 알겠구먼."

황급히 손거울을 꺼내 얼굴을 들여다봤다. 정말 그렇게 보이는 것 같기도 하고. 한순간에 사라진 당당함. 당장에 세수를 하고 싶은 심정이 되고 말았다. 지나가는 사람들이 자꾸 힐끗거리며 웃는 것만 같고… 이 거 실화냐? 나 지금 #개멋 부린 거야?

투 머치 too much. 의욕이 앞섰던 날의 기억.
그래서 그날 모임을 완전히 망쳤냐고?
그럴 리가요. 너무 평범한 건 재미없잖아요?
'나 원래 이렇게 유니크한 사람이에요'라고 좀 뻔뻔하게 나갔죠.
남편에겐 비밀입니다만 다음 모임에도 한껏 힘을 줘볼까 합니다.

내 나이가 ──────
　　　　어때서

　　화장품 회사에 오래 다녔던 나는 화장품만큼은 남부럽지 않게 사용했다. 립스틱만 해도 그해 새로운 캠페인 컬러는 모두 사용했을 정도로 유행에 민감한 편이기도 했다. 그런데 회사를 그만두고 나서는 한동안 둔감해지기도 했고 확실히 직장 생활할 때보다 작은 거 하나라도 내 것을 사는 데는 인색해졌다. 환경이 바뀌면 사람도 바뀐다더니, 정말 그랬다.

　　볼일이 있어 외출했다가 화장품 매장에 들렀다. 요즘 유행하는 컬러는 뭔가 살펴보기도 하고 테스트 제품도 발라보는데 아주 잠깐이지만 기분 전환이 되는 듯했다. '그래, 오늘은 내 것 하나 사보자!' 적절한 가격대로 화사한 컬러의 립스틱 하나를 집어 들었다.

　　직원 : 그 제품은 고객님께서 사용하시기에 많이 건조할 거예요.
　　마설 : 그… 그… 그런… 가요?
　　직원 : 네, 고객님, 요거 한 번 테스트해보세요. 이게 젤 잘 나가요.

　　친절하기도 하지. 그녀는 내 연령대에서 가장 반응이 좋다는 립스

고객님과 호생님 사이를 갈팡질팡
비싼 걸 사놓고도 초라해지는 날이 있다
그러지 말아요 우리
나 자신을 꾸미는데 소홀해지지 말자구요
"난 소중하니까요!"

틱 하나를 추천해줬다. 그녀가 골라준 립스틱은 내가 고른 것보다 두 배 이상 비싼 제품이었다. 나는 이럴 때 왜 딱 잘라 "미안하지만 난 내가 고른 게 더 맘에 들어요"라고 당당하게 얘기하지 못하는가! 그리하여 이 고객님은 #호갱님이 되어서야 매장에서 나올 수 있었다. 그런데 원래 사려던 것보다 훨씬 값비싼 걸 사놓고도 초라해지는 느낌은 왜냐!

아니 뭐 그리 나이 든 것도 아닌데, 그렇다고 또 젊은 것도 아니고, 그래서 여기도 못 끼고 저기도 못 끼는 것만 같은 40대 여자. 나이만 곱절이 아니라 20대에 비해 치러야 할 값도 두 배가 되어버린 듯하다. 〈내 나이가 어때서〉라는 노래가 괜히 유행가가 된 게 아니구나 싶었던 날. '100세 시대'라는 말에 위안을 삼아본다. 아직 반도 못 산 인생 아닌가!

사실 뒤져보면 쓰다 만 립스틱이 부지기수지만 그래 이놈의 립스틱, 내가 아주 그냥 분리수거함에 넣을 때까지 남김없이 써주겠어! 살림만 산다고 나 자신을 꾸미는 데 소홀해지지 말아야지, 작은 사치를 할 줄 아는 나 자신에게 좀 더 너그러워져야지… 다짐을 보탠다.

"난 소중하니까요!"

이럴 땐 로레알 광고 모델처럼 머릿결을 찰랑해줘야 제맛!

새 신을 신고 ─── 뛰어보자 팔짝

어릴 적 새 옷, 새 신발은 늘 언니의 몫이었다. 내가 기억하는 한 오롯이 '내 것'으로 받은 '새 것'은 초등학교에 입학할 때가 처음이었다. 입학식 하루 전날 엄마는 시장에서 새 원피스와 새 구두를 사다주셨다. 백화점에서 산 #메이커는 아니었지만 늘 언니의 것을 물려받아야 했던 둘째 딸이었기에 그날의 기쁨은 아직까지 생생하기만 하다.

당장에 새 옷으로 갈아입고 한 바퀴 빙그르. 집 안에서도 종일 새 신을 신고 있었던 기억이 새록새록. 엄마가 신발이 잘 맞는지 보자며 구두 앞코를 살짝 누르셨는데 그러다 신발 구겨진다고 엄마를 향해 내 얼굴을 구겼지 아마. 얼마나 좋았는지 그날 밤 나는 신발을 머리맡에 두고 잠이 들었다.

그 뒤로 나는 #선물을 받으면 입학식 전날의 꼬마 숙녀처럼 머리맡에 고이 모셔두고 잠이 든다. 어릴 때는 그저 선물이 좋았고, 어른이 되고 나서는 선물을 받는 것보다 선물을 할 때가 더 많아졌기에 한 번씩 선물을 받으면 그게 또 그렇게나 반갑고, 고맙고, 좋다.

선물 받고 입이 귀에 걸려 머리맡에 모셔두는 나를 보고 친정엄마도, 사춘기 딸아이도 피식 웃곤 하는데 그러거나 말거나 나는 꿈을 꾸면서도 싱글벙글 행복한 기분을 만끽한다.

그것은 화장인가 —
변장인가

화장품 회사에 다닐 때부터 #풀메이크업이 기본이었던 나. 출근할 때는 물론이고 편하게 친구를 만나는 날에도 일찍이 부지런을 떨곤 했다. 회사에서도 '화장은 곧 매너다'라고 귀에 딱지가 생기도록 교육을 받았으니 '화장 없는 외출도 없다'는 내 애티튜드는 어쩌면 당연한 것일지도 모르겠다. 친구들은 뭐 그렇게까지 풀 메이크업을 하고 나왔냐고, 편하게 나오지 귀찮지도 않냐, 묻기도 했지만 풀 메이크업이 몸에 밴 나로서는 아주 사소한 거 하나라도 빼먹으면 그게 더 어색하고 못마땅했다. 하루는 늦잠을 자서 아이라인과 마스카라를 미처 다 그리지 못하고 출근을 했는데 만나는 사람마다 "컨디션 안 좋아?" "어디 아픈 거 아니야?"라고 물으며 걱정스러운 눈빛을 보냈다. 그러니 잠자는 시간 줄이고 아침밥은 건너뛰어도 화장하는 시간은 도무지 줄일 수가 없었다.

외출할 계획 없고, 오늘은 이렇게 글 쓰고 그림 그리는 거 외엔 별다른 일이 없는데도 지금 나는 곱게 화장을 한 얼굴이다. 바로 외출할 사람처럼 말이다. 매일 아침 화장을 하고 나서야 뭐든 시작할 수 있는 사람, 화장이 잘 되면 일도 잘 풀리는 것만 같은 기분, 저만 그런가요?

얼마 전 초등학생 아들의 그림일기를 보고 혼자 웃음이 빵 터졌다. 이게 나야? 나라고? 아이의 그림일기 속 나는 영락없이 과장된 화장을 한 경극 배우였다. 나는 웃으며 혼잣말을 하다가 덜컥 아이가 내 스모키 눈 화장에 충격을 받은 건 아닌가? 혹시 친구들에게 네 엄마 이상하다고 놀림을 받았나? 걱정이 됐다. 마침 며칠 후 학부모 참여 수업이 있어 학교에 가야 했던 나는 아들에게 조심스레 이야기를 꺼냈다.

마설 : 엄마 참여 수업 갈 때… 화장… 하지 말까?
아들 : 왜요?
마설 : 아니… 그냥 뭐… 엄마 화장 안 한 게 더 예쁘지 않아?
아들 : 아니요. 나는 엄마가 화장하는 게 좋은데요.

다행이다. 다행이다. 아, 다행이다.
그런데 엄마를 왜 그렇게 그렸는지는 차마 물어볼 수가 없었다.

옷은 블랙이라도 ─
마음은 화사하게

예전에는 그냥 예뻐 보이고 싶고, 어려 보이고 싶었는데 요즘에는 나이 드는 것도 그리 나쁘지 않다는 생각이 든다. 그렇지만 이왕이면 #우아하게 나이 들고 싶다. 그래서 그런가? 고르는 옷마다 검은색 아니면 흰색이다. 여전히 화장하는 게 즐겁고, 예쁜 거만 보면 환장하는 나지만 예전 같지 않게 화려한 패턴이나 컬러풀한 옷 앞에선 손이 주춤한다. 모처럼 친구와 쇼핑에 나선 그날도 큰맘 먹고 화사한 원피스를 하나 장만해야지 했는데 정작 계산대 위에 올려둔 건 블랙.

어쩐지 조금 더 날씬해 보이는 것 같아서.
어쩐지 유행 타지 않고 오래 입을 수 있을 것 같아서.
어쩐지 이게 더 점잖아 보이는 것 같아서.

이유는 참 많은데,
좀 칙칙해 보이나?
아니, 아니, 아니지.
칙칙한 게 아니라 고상하고 우아한 거지.

옷은 블랙이라도
마음은 화사하게

예쁘다는 말보다 우아하다는 말이 더 반가워진 나.

결국 나이 드는 건가?

그래도 뭐 별수 있나?

옷은 블랙이라도 마음만은 화사한 나니까!

평화를 ————
　　　　빕니다

Q : 여자 친구들이 만나는 자리에서 최고 좋은 인사말은?
A : 정답! "어머, 너 왜 이렇게 살이 빠졌어!"입니다.

딩! 동! 댕! 동!

그런데 요즘 내가 가장 자주 듣게 되는 인사말은
"어머, 너 얼굴 좋아졌다!"

마셜 : 오늘 애들이 나보고 얼굴 좋아졌다 그랬어. 피부가 좋다는
　　　 뜻인가? 흐흐.
딸 : 엄마… 그거 칭찬 아니거든?

　　그래서 알았다. "얼굴 좋아졌다"는 말이 "너 살쪘다"의 완곡한 표현
이라면서요? 진짜 살이 좀 붙었나? 지하철을 기다리는데 스크린도어에
비친 내 모습이 흡사 〈달려라 하니〉에 나오는 울퉁불퉁 #고은애 여사와
오버랩 됐던 그날, 나는 #다이어트를 결심했다. 이제부터 전쟁이다!

무작정 굶는 다이어트는 이미 실패해본 경험이 수두룩했다. 해서 이번에는 식단 조절과 운동을 병행하는 나름 체계적인 다이어트를 하겠노라 가족들 앞에서 선언! 그러니 오늘부터 나를 맛있는 음식으로 유혹하지 말아달라고 당부했다. 얼마나 갈진 모르겠지만 어쨌거나 성공을 기원한다고 말해준 가족들의 미심쩍은 눈초리를 뒤로하고 나는 거실을 요가 교실로 세팅했다.

그런데 말입니다, 자고로 화목한 가정이라면 한집에 살면서 끼니를 같이 먹어야 하는 법 아니겠습니까? 가족을 달리 식구라 하겠어요? 불금이 되자 남편은 어김없이 치킨을 배달시켰고, 식구들은 옳다구나 #먹방 시전.

"나도 이 집 식구라고!!!"

바삭바삭한 치킨 앞에서 백기를 든 나.
패전과 동시에 찾아온 내 마음의 평화.

마음같이 움직이지 않던 내 몸뚱이도 평화.
본의 아니게 평화주의자로 거듭났다.

그래, 살은 살이고, 건강 생각해서 요가는 꾸준히 해보자. 다음 날, 다시 요가 음악을 틀고 명상 모드에 돌입했다. 숨을 크게 들이마시고, 내쉬고, 들이마시고, 내쉬고…. 아이고, 어찌나 잠이 쏟아지던지. 어디서 들으니까 누워서도 명상할 수 있다던데…. 그렇게 내 다이어트는 요가 후유증과 함께 꽝! 다음 기회를 엿보게 됐다는 이야기.

나이 먹고
살이 쪘다

불금 #치맥 유혹에 다이어트는 잠시 잊고 먹어도 너무 먹었다. 곧 #그날이 시작되려나 보다. #마법의 그날. 두둑이 먹었는데도 입이 자꾸 심심해지니 말이야. 그래, 그날엔 먹어도 살 안 찐다잖아. 그렇게 나는 주말에도 넘치는 식욕을 주체하지 못하고 양껏 흡입해버렸다. 요 며칠 다이어트 한답시고 소식을 해서 그런지 뭘 먹어도 아주 그냥 꿀맛.

그렇게 다가온 월요일 아침, 화장을 하려고 거울을 보는데… 지금 아침인데… 거울에 왜 보름달이 떠 있는 거지? 팅팅 부은 얼굴이 화장으로 커버가 되질 않는다. 옷을 입는데도 여느 날과 다른 느낌이다. 이 옷이 이렇게 꽉 끼는 옷이었나? 옷매무새를 보는데 이 울퉁불퉁한 건 또 뭐지? 라인이 이게 아닌데…. 그러고 보니 허리춤이 영 불편하다. 그날엔 살 안 찐다고 했는데…. 아니, 아무리 그래도 그렇지, 고작 며칠 좀 넉넉히 먹었다고 바로 살이 쪄? 나 어디 아픈 건가? 그러다 퍼뜩 든 생각, 이게 바로 나잇살이라는 건가?

왜 나이를 '먹는다'고 하는지 이제 알았네. 목으로 안 넘겨도 저절

나이를 왜 먹는다고 하는 줄 이제 알았네
목으로 안 넘겨도 저절로 살이 되는 신비
나잇살의 비밀

로 살이 되는 신비. 먹는 건 예전과 크게 달라진 게 없는데 몸집은 자꾸
만 불어나니 이게 다 나이를 먹어서였다는 뒤늦은 깨달음. 안 먹고 싶다
고 안 먹을 수 없는 건데…. 매번 같은 패턴이다. 최근 들어 무슨 얘기만
했다 하면 다 '나이 탓'으로 돌리는 나.

화장이 잘 안 먹어도,
살이 삐져나와도,
뭘 자꾸 깜빡깜빡 잊어버려도,
여기저기 부딪혀서 생긴 멍이 당최 없어지지 않아도,
이래도 저래도 전부 다 나이 탓.

탓해봐야 무엇하리요!
아가씨 시절 날렵한 몸매가 그립긴 하지만
무리하지 않기로, 욕심내지 않기로 했다.
나이 먹어 좋은 게 이런 거지.
마음이 아주 그냥 나무늘보 못지않게 느긋해졌다.

나이테 ─────

"나이 마흔 넘으면 자기 얼굴에 책임을 져야 한다."
– 에이브러햄 링컨

머리 하얘지고 허리 굽은 할머니가 되어도 아름답고 우아한 여자
이고 싶은 나. 그냥 겉보기에 곱게 나이 드는 거 말고, 태도와 생각이 고
운 사람이 되고 싶다. 타고난 얼굴이야 어쩔 수 없지만 그 사람이 풍기는
분위기는 못생기고 잘생기고, 얼굴이 희고 검고, 주름이 있고 없고의 문
제가 아니다. 링컨이 남긴 명언은 각자의 얼굴, 표정 속에 그 사람이 살아
온 지난날과 됨됨이가 나름의 나이테를 만든다는 뜻이 아닐까? 그렇다
면 지금의 내 나이테는 어떤 모습일까?

거울을 보고 입꼬리를 들어 살짝 미소 짓는다.
밝은 얼굴을 하면 내 삶도 그만큼 밝아질 거라 믿으며
이렇게 계속 닮고 싶은 모습,
바라는 모습으로 살아가야지.
밝게! 자신 있게! 당당하게!

머리 하얘지고 허리 굽은
효효 할머니가 되어도
아름답고 우아한 여자를 꿈꾸어요

별일 없이 산다

혼자만의 시간을 보내고 싶어 하다가도 막상 혼자 있을 여유가 생기면 심심해지니 이건 무슨 변덕인가!

약속도 없고, 특별한 기념일도 아닌데 괜히 멋을 내고 싶은 날이 있다. 심심한 날이란 말씀. 그런 날이면 요상하게도 시도 때도 없이 울리던 휴대전화 광고 메시지마저 뜸하다. 해서 여느 때보다 더 화려하게 화장을 하기도 하고, 매니큐어도 발랐다가 지웠다가를 몇 번이나 반복하는지… 그렇게 한껏 멋을 내고 다녀오는 곳은 동네 마트일 때가 대부분이다.

가만 가만, 이럴 때가 아니다. 이게 날마다 오는 여유가 아니란 말이다. 오랜만에 친구들에게 안부 메시지를 남겨볼까?

하이? 별일 없지?

"무소식이 희소식이지 뭐"라고 서로 너스레를 떨어보지만 메시지 한 통이 뭐 그리 어렵다고 이리도 소원하게 지냈는지 미안하고도 고마운 마음이 한데 엉킨다. 예전에는 특별한 일 없어도 전화기가 뜨거워져 볼이 화끈거릴 때까지 통화를 하고 그랬었는데 이제는 막상 약속을 잡으려 해도 날짜 한 번 맞추기가 쉽지 않다. 서로 이렇다 할 경조사가 있어야 그 핑계로 소식을 묻는 것이 자연스러워졌다.

가족들 안부가 오가고, 물가가 얼마나 올랐는지 장 보러 가기 무섭다는 이야기에, 애들 학원비 걱정, 누구는 건강검진에서 뭐가 안 좋다 그래서 큰일이고, 또 누구는…. 그럼에도 이만저만해서 다행이라는 덕담을 주거니 받거니 한다. 힘들면 또 나만 힘든 게 아니구나 싶어 위안이 되기도 하고, 잘 지내면 또 잘 지내서 다행이고. 그런데 기쁨이고 허물이고 그렇게 다 털어놓고 나면 이상하게 기운이 난다. 이 정도면 우리 별일 없이 잘 살고 있는 거다 싶어서.

오늘이 내 생애 가장 ——
젊은 날

꼬맹이 때는 안 그랬던 것 같은데 언젠가부터 새로운 환경, 새로운 사람을 마주하는 게 낯설고, 어렵고, 그렇게 돼버렸다. 그러니 내가 좋아하는 거 배우겠다고 글씨학교에 덜컥 수강신청을 하고서도 한편으로는 걱정이 한가득이었다. 쭈뼛쭈뼛한 걸음으로 첫 수업에 가던 날, 어찌 그리 긴장이 되던지.

그런데 글씨학교에서 생각지도 않게 동갑내기 친구들을 사귀게 됐다. 좋아하는 걸 배우는 것도 좋아 죽겠는데 동갑내기 친구를 열 명이나 만나게 되다니. '내가 젤 나이 많은 아줌마 아닐까?' '나 혼자 진도 못 따라가서 버벅대면 어떡하지?' 이런 걱정은 기우에 불과했다. 목마른 사람이 우물을 판다지 않나? 이 친구들과 친하게 지내고 싶었던 나는 동갑내기 소모임을 만들자고 제안했다. 내가 이렇게 용감한 여자였던가!

소모임은 각자 사는 동네에서 한 번씩 돌아가며 열기로 했다. 첫 모임 날, 인천의 어느 동네 카페에서 만난 우리들은 어려서부터 알고 지낸 소꿉친구처럼 재잘재잘 무슨 할 말이 그리도 많은지 수다가 끊이지 않았다. 어려서부터 알던 게 아니니 각자 어떻게 살아왔는지, 자기는 어떤 사람인지, 어떻게 글씨학교에 오게 됐는지, 할 말이 더 많을 수밖에. 더구나 공통 관심사가 있지 않은가! 얼마나 반가워! 눈 밑에 주름이 잡히기 시작한 40대 아줌마들이지만 옛날만큼 탱탱하지 않아도, 옛날만큼 화사하지 않아도 기죽지 말자고 큰소리를 빵빵! "맞아, 맞아" 그러면서 또 박수를 치며 웃고 떠들고.

이것도 기념이다! 우리는 흥과 끼를 한껏 뽐내며 #인증샷을 남겼다. 20대들도 다들 '필터' 돌리고 '뽀샵'해서 SNS에 올리는 거라고 뜻하지 않은 세대갈등을 유발하면서 말이다.

청바지보단 프리 사이즈 고무줄 바지가 편하고, 무너지는 턱 선이 싫어서 사진 찍는 게 점점 두려워지지만 지금 이 순간이 우리 생애 가장 젊고 아름다운 순간이다. 10년 후 이 사진을 본다면 분명 "우리 이때 참 젊고 예뻤구나" 할 거야.

남는 건 사진 밖에 없다니까
오늘은 우리 생애 가장 젊은 날
그러니까 하나 둘 셋, 김치~~

30대는 20대 시절을 그리워하고,

40대는 30대 시절을 그리워하고,

아마도 70대는 60대 시절을 그리워하지 않을까요?

때문에 지금 당장엔

하루하루 나이 들고 생기를 잃어가는 것 같아도

지금 이 시간을 그리워할 날이 또 오는 걸 테죠.

흰머리든 ——— 새치든

마설 : 오늘 약속 있어?
친구 : 응, 나 오늘 머리 염색하는 날이야!

작년까지만 해도 없었던 것 같은데… 나나 친구들이나 부쩍 흰머리가 늘었다. 새치라고 우겨도 보지만 그거나 이거나. 약속을 잡을 때 이런저런 이유보다 '염색하는 날'이라서 날짜를 다시 맞춰야 하는 경우가 제법 많아졌다. "우리 늙었다!"라고 말하며 한바탕 웃어대면서 주름 생기니까 웃지도 말잔다. 시쳇말로 #웃픈 #40대 아줌마들.

그런데 마냥 싫지만은 않다. 그 나이가 되기 전까지는 결코 느끼지 못하는 감정들이 있다질 않던가. 흰머리가 생겨나는 나이는 또 이대로 좋은 구석이 있다. 연륜이 쌓이고, 기품이 드러나는 것만 같아서.

자기 합리화의 달인! 그래, 나는 내 멋에 산다!

웃으면 주름 생기니까 웃지도 말자
흰머리가 늘어나는 여자들의 웃픈 수다
흰머리 나고 주름 좀 생기면 어때!
다 제멋에 사는 거야!

내 모든 계절에 ——
　　　　고마워

움츠려 있던 모든 것이 활짝 피어나는 봄은 향긋한 꽃바람이 좋고,
아무리 덥다 해도 여름은 수박 한 입에 속이 시원해져서 좋다.
모든 것이 풍요로워지는 가을은 울긋불긋 단풍 덕에 좋고,
살을 에는 겨울은 그 때문에 따뜻함을 느낄 수 있어 좋더라.

참 이상도 하지.
졸려서 봄이 싫고요,
더워서 여름이 싫고요,
살쪄서 가을이 싫고요,
추워서 겨울이 싫어요.
이랬던 때가 있었는데 말이다.

그런데 가만 생각해보면 그렇게 투덜거리면서도
때때마다 그 계절을 온전히 누려왔다.

자꾸 졸음이 쏟아져서 싫다고 했지만

살랑살랑 봄바람에 콧노래가 절로 나왔고,
더워서 짜증 난다고 했지만
장화를 신고 첨벙거릴 수 있는 장마철은 기다려졌다.
천고마비에 왜 내가 살이 찌는지 알 길은 없었지만
가을만큼 드라이브하기 좋은 때가 없었고,
추운 겨울 골목 어귀의 군고구마는 달콤하기만 했다.

저마다 예쁜 구석이 눈에 들어오는 나.
그렇게 모든 계절 속에 행복한 나였으면 좋겠다.

저마다 예쁜 구석이 눈에 들어오는 나
그렇게 모든 계절 속에
행복한 나였으면 좋겠다

Part 03

곰 같은 여자가
진짜 곰 같은 남자를 만났다

결혼에도 자격증이 필요하다면
나는 과연 합격증을 받을 수 있을까?
남들이 정해놓은 기준에
휘둘리지 않는 사람이야말로
최고의 짝꿍

합격입니다! ────

그를 만난 건 초등학교 동창회 날이었다. 동창이긴 한데 같은 반이었던 적은 없어 처음 보는 사람이나 다름없었던 그는 솔직히 내 이상형과는 거리가 멀었다. 키가 170센티미터를 웃도는 나는 여자치고 꽤 큰 편, 그런 내게 그이는 좀 작달막해 보였다. 쌍꺼풀 있는 남자도 '으, 별로다' 했는데 그의 눈매는 3초 주윤발이라고 할 만큼 꽤 부리부리했다.

눈에 콩깍지가 씐다는 말이 맞나 보다. 나는 동창회 모임장소였던 호프집에서 이 남자에게 제대로 콩깍지가 씌었다. 하얀 셔츠에 하얀 바지를 입고 계단을 내려오는 그의 모습이 진짜로 〈영웅본색〉의 배우 주윤발처럼 보였으니 말이다. 그런데 이 사람, 알고 보니 유재석이었다. 개그맨 뺨치는 입담으로 동창회의 분위기를 사로잡는 것이 아닌가!

동창회 이후 얼마 지나지 않아 보면 볼수록 매력 있었던 그에게서 전화가 걸려왔다. 어머, 이게 웬일이니? 놀라움보다 반가움이 더 컸던 나. 서로 추억할 만한 건 없는 사이였지만 동창이라는 핑계로 반갑게 다시 만났고, 그렇게 연애가 시작됐다.

연애가 무르익어 주변에 그를 소개시켰더니 다들 한마디씩 거들었다. 사람이 정말 진국인 것 같다고, 저런 남자 어디 또 없다고, 내가 남자 복이 있다고… 그보다 나를 더 오래 알고 지낸 사람들조차 나보다 그를 더 치켜세우곤 했다. 그럴 때면 나는 '웃겨, 아주! 난 뭐 그렇게 빠지나?' 싶어서 서운한 기분이 들 때도 있었지만 그는 정말로 착한 사람, 순한 사람, 듬직한 사람이었다.

어떤 책에서 그러더라. 내가 최악일 때 곁에 없다면 내가 최고일 때 함께할 자격도 없다고. 뭐 그렇게 극단적일 것까지야… 라고 생각했는데 그게 아니었다. 혼인서약 때 우리는 기쁠 때나 슬플 때나 괴로울 때나 즐거울 때나 한결같이 사랑할 것을 맹세한다. 살아보니 알겠더라. 그게 얼마나 어려운 일인지, 얼마나 무거운 다짐인지. 서로 볼 꼴 못 볼 꼴 다 보여줄 수밖에 없는 것이 바로 결혼 생활이다. 겉으론 무탈해 보이는 일상도 결코 평탄하지만은 않을 때가 수두룩하니까.

누군가 연애를 한다고 하면 "뭐 하는 사람이야?" "어떻게 만났어?"

"결혼할 것 같아?" 조건반사적으로 이런 질문이 쏟아진다. 그러고는 자연스럽게 더더욱 구체적인 '조건'을 따져 묻는다. 학력, 직업, 집안, 재력 같은 것들 말이다. 체크리스트라도 있는 것처럼. 아, 실제로 결혼정보업체에선 사람을 등급화한다지? 그런 걸로 #결혼자격증 같은 게 발급된다면 나는 과연 합격증을 받을 수 있으려나?

남들이 정해놓은 기준에 휘둘리지 않아서 다행이다. 나 말고 내 남편이. 그렇게 나는 결혼 자격증 없이 결혼했고, 우리 부부는 17년의 동고동락을 통해 서로 최고의 순간에 함께할 수 있는 자격을 취득했다.

그런데 우리 남편은 나의 어떤 점이 좋았을까? 매번 옆구리 쿡쿡 찌르며 물어보는데 번번이 "좋은 데 이유가 어딨어" 하고 은근슬쩍 넘어간다. 어느 드라마에선가 그런 대사를 들은 적이 있다. 좋은 데는 정말 이유가 없다고. 그렇게 조건 없이, 이유 없이 좋은 게 진짜 좋은 거라고. 그 대사가 떠오르자 어깨가 으쓱해진다. 드라마 주인공이 된 것 같아서.

우리 ——————
    멋지게 살아요

말없이 함께 있는 건 멋지다.
더 멋진 건,
같이 웃는 것이다.
– 프리드리히 니체

그래요,
우리는 그렇게
멋지게 살아갈 수 있어요.
가장 인간적인 모습으로.

말없이 함께 있는 건 멋지다
더 멋진 건,
같이 웃는 것이다

-프리드리히 니체

눈부시도록 둥근달
당신과 함께 보고싶다

한가위만
같아라

대형 할인마트 매장 초입에 선물 세트가 산더미처럼 쌓이기 시작하면 명절이 왔구나 싶다. 명절 즈음이면 남편은 으레 그 산더미에서 보았던 것들과 비슷한 선물 세트 하나를 들고 온다. 샴푸, 린스, 바디워시가 한 묶음인 생필품 세트나 참치, 햄, 식용유가 한 묶음인 통조림 세트. 매년 크게 바뀌는 것도 없고, 딱히 기대하는 것도 아닌데 또 빈손이면 섭섭해지는 그런 것. 아무래도 선물은 일단 받고 봐야.

받은 건 그게 다인데 나가는 건 참 많다. 지난 명절에도 남편은 인사할 데도 좀 있고, 또 아랫집에도 드려야겠다며 사과 몇 박스를 주문했다. 아직 어린 아들 녀석이 제법 쿵쾅거리는데도 싫은 내색을 하지 않는 아랫집 분들이 늘 고맙고, 죄송하고, 사실은 마음이 조마조마한 탓이다. 맞벌이를 하다가 외벌이를 하게 돼 꽤나 힘이 들 텐데 이전과 다름없이 두루두루 잘 챙기는 남편의 마음 씀씀이. 나는 그런 남편이 참 좋다. 우리 남편, 등짝만 넓은 줄 알았더니 마음도 이렇게나 넓은 남자였어. 남편을 향해 혼자 엄지 척.

그러고 보니 우리 남편이 선물에 있어서는 일가견이 있었다. 벌써 십수 년 전의 일이다. 한창 연애를 하던 때고, 추석을 얼마 앞둔 어느 날이었다. 양가에 결혼 허락을 받은 상태였으니 나는 예비 시부모님께 어떤 선물을 하면 좋을지 고민이 많았다. 함께 추석 개봉작을 보자고 해서 만난 날까지 내 고민은 계속됐다.

마설 : 자기야, 부모님께 어떤 선물이 좋을까? 못 정하겠어.
남편 : 선물은 무슨, 자기가 제일 큰 선물인데.

어쩜, 말 한마디로 천 냥 빚도 갚는다더니, 우리 남편은 이토록 달달한 멘트를 날릴 줄 아는 남자였다.

명절이 되면 딱히 사이가 안 좋거나 싸워서가 아니라 양가를 오가고, 음식 장만하고, 여러 친인척들과 한데 부대끼면서 몸은 피곤하고, 맘 놓고 쉬지는 못하고… 그렇게 나도 모르게 날카로워지는데 그럴 때면 나는 나를 '선물'이라 해준 그날의 남편을 떠올린다.

선물은 무슨,
자기가 제일 큰 선물인데

결혼을 결심할 때

이효리 : 난 오빠랑 말하고 싶어서 결혼한 것 같은데?!
오빠랑 얘기하는 게 세상에서 젤 재밌어.

이상순 : 나도.

〈효리네 민박〉을 통해 세상 달달한 부부의 모습을 보여주고 있는 스타 커플. 그런데 이들에 앞서 일찍이 철학자 프리드리히 니체가 #결혼을 긴 #대화에 비유했다. 결혼을 결심할 땐 스스로에게 이렇게 물어보라고. '나이가 들어서도 이 사람과 과연 대화하며 지낼 수 있을까?' 결혼 생활에서 이 점을 제외하고는 다 변하기 마련이라고.

'나이 들어서도 이 사람과 과연
대화하며 지낼 수 있을까?'

결혼을 결심할 때
스스로에게 물어보세요
니체가 말하길
결혼생활에서
이 점을 제외하고는
다 변하기 마련이래요

사랑과 ─────
　　　우정 사이

여자가
화장을 포기하고
남자를 만난다면
그건 친구다.

뜬금없는 남편의 문자·메시지. 물론 남편이 유일하게 내 #생얼을 보는 남자이긴 하지만 나처럼 화장 잘하는 여자가 어디 있다고…. 아니, 그럼, 잠잘 때도 화장하고 자라는 말인가? 내 맨얼굴이 그렇게 못마땅해? 이 사람은 대체 무슨 의도로 이런 메시지를 보낸 거지? 나는 메시지를 뚫어져라 쳐다보다가 남편에게 답장을 보냈다.

　　마설 : 이게 뭐야?
　　남편 : 이거 엄청 재밌지?
　　마설 : 재미? 이거 무슨 뜻이냐고!
　　남편 : 아니, 그게, 우리는 친구 아니고 평생 연인처럼 살 거라고!
　　　　　자기는 평생 화장 포기 안 할 거니까!

놀리는 건지, 웃자는 건지 모르겠네.

그렇지만 나는 이렇게 답을 보냈다.

고마워^^

언제부터 #부부관계가 #사랑과 #우정 사이

묘한 #줄타기가 되어버렸나!

그래, 평생 연인처럼 살 수 있도록 내 부지런히 노력하겠소!

커피 ──────
　　　　조르기

　평소에 꽤 자상한 남편인데 행복해 보이는 신혼부부나 커플들의 #럽스타그램을 보고 있노라면 괜히 심술이 나서 남편에게 시비를 걸게 된다. 그날도 이른 아침부터 SNS 피드에 여유로운 브런치 사진 일색의 럽스타그램이 하나둘 올라오고 있었다. 주말인 게다.

　남편에게 슬쩍 운을 뗀다. 오늘이 무슨 날인 줄 아냐며. 사실 오늘은 남편이 설거지 당번인 날이었다. 우리 집에선 주말이면 남편이 모든 설거지를 도맡아 하는데 어쩐지 지난 한 주 남편이 힘들어 보이기도 하고 짠한 마음이 들어 오늘 아침에는 내가 후딱 설거지를 해버렸다. 그것을 생색이라도 내듯 내 목소리에 점점 힘이 실린다.

　"아, 나도 여유롭게 누가 타주는 커피 한 잔 마시면 딱 좋겠네" 남편한테 커피 타달라고 조르는 나. 남편은 설거지하란 소리 안 할 때부터 알아봤다며, 그냥 설거지를 시키지 그랬냐고 구시렁구시렁. 엎드려 절 받기이지만 나는 턱을 괸 채 믹스커피 한 잔을 대접받았다. 이게 뭐라고 이렇게나 행복할까?

엎드려 절 받기라도
남편이 타준 믹스 커피 한 잔에
이렇게나 행복한 걸

내가 가장 좋아하는 커피는
내가 좋아하는 당신과 마시는 커피

어떤 커피를 ──── 좋아하세요?

아메리카노를 좋아하세요? 아니면 카페라테?

사실은 무어라도 괜찮다. 커피를 즐겨 마시지 않아도 상관없다. 그저 누군가와 마주 앉은 그 순간, 때로는 살포시 기대어 쉬는 그 순간이 고팠던 거니까. 아주 잠깐이라도 그런 순간들 덕분에 지친 마음을 달래고 기운을 낼 수 있는 거니까. 그래서 밥값보다 커피 값이 더 많이 나가는 것 같은 기분이 들 때가 한두 번이 아님에도 커피를 끊을 수가 없나 보다.

참, 누군가 그러더라.
가장 좋아하는 커피는 좋아하는 사람과 마시는 커피라고.
그럴 땐 따로 시럽이 필요 없겠다.

전 직장 여직원 모임에서 OB 모임이 있다고 연락이 왔다. 40대인 나는 이젠 어딜 가나 YB는 되지 못하고 아무래도 OB 쪽으로 기운다. 그래도 이렇게 끼워주는 게 어디냐, 나는 기분 좋게 모임에 나갔다.

오랜만이다. 워킹맘들은 일하며 애 키우느라 애달픈 이야기들을, 전업 주부들은 또 그 나름의 애환을 쏟아내기 바쁜데 후배 하나만 입 꾹 다물고 죽을상을 하고 있다. 모두들 그녀에게 관심이 쏠린다. 그제야 그녀가 요즘 짝사랑 중이라고 실토를 한다. 옳거니! 그녀는 OB 모임에서 몹시도 드문 싱글이었다. 오늘의 수다 주제는 이걸로 낙점!

그녀는 모태솔로까지는 아니지만 연애 경험이 그리 많지도 않았는데, 최근 친구의 결혼식 뒤풀이에서 그 남자를 만났다고 했다. 대기업에 다니는 연구원이고 잘생기진 않았지만 말투가 참 매력적인 사람이라고 했다. 그녀는 그와 처음 인사를 나눈 순간부터 그의 말투에 '아, 이 사람은 다르구나' 하고 느꼈단다.

뒤풀이에서 만난 몇몇이 마음이 맞아 그 후로도 몇 번 함께 식사 자리를 갖게 되었는데 후배는 만남을 거듭할수록 그 사람에 대한 마음이 커져만 갔다고. 지금은 메신저로 일상을 나눌 정도로 친해졌고, 고민이 있을 때 맥주 한 잔 마시며 이야기하는 사이로 발전했는데… 문제는 그 이상도 그 이하도 아니라는 거다. 그녀가 봤을 때 그 사람도 자기를 좋아하는 것 같긴 한데 도무지 진척이 없다고 세상 답답해했다.

그녀는 먼저 고백할까도 생각해봤지만 여자가 먼저 고백하면 이뤄질 확률이 낮다는 속설도 있고, 괜히 자존심이 상하는 것도 같고, 그래서 이러지도 저러지도 못하고 있다고 했다. 다른 사람들은 잘도 연애하고 잘만 결혼하는 것 같은데 자기한테는 왜 이렇게 어렵기만 한 거냐며… 그냥 소개팅을 해서 다른 사람을 만나볼까 싶기도 한데 그것도 마음이 편하지가 않을 것 같단다. 사람 만날 때 갈수록 더 따지고 계산하게 된다며 땅이 꺼져라 한숨을 쉬던 그녀. 연애와 결혼 모두 유경험자인 우리들은 그녀에게 훈수를 두기 시작했다. 저마다의 경험을 바탕으로 절대 고백하면 안 된다, 아니다 무조건 고백하고 봐라… 아주 난리.

결과적으로는 까짓것 고백해버리라는 의견이 압도적이었다. 고백을 해서 이뤄지면 더할 나위 없이 좋은 거고, 이뤄지지 않는다고 해도 지금처럼 답답하진 않을 거라고. 거절당한다면? 순간 좀 무안하긴 하겠다. 그렇지만 그때야말로 후회도 미련도 없이 다른 인연을 찾아 나설 수 있는 절호의 기회가 아닌가! 그래야 나중에 실연당했다고 #진상짓 '덜' 하고 넘어갈 수 있다, 너!

언니들의 총평은 이랬다.

"그놈이 그놈이라지만 이왕이면 조금이라도 마음에 더 드는 놈이랑 시작해. 인생 짧다! 그리고 그거 아니? 누구든 둘 중 하나가 먼저 고백을 해야 사랑이란 게 시작되는 거야."

가슴앓이만 하지 말고
용기 내 고백해보세요
둘 중 누구라도 먼저 고백을 해야
오늘부터 1일,
사랑이 시작된답니다

누가
곰 아니랄까 봐

외출했다가 우연찮게 포춘 쿠키를 두 개 얻은 날이었다. 포춘 쿠키, 이름만 들었지 실제로 보기는 처음이었다. 앙증맞게도 생겼네. 나중에 #인증샷을 남겨야지 하고선 식탁 위에 올려놓았다.

큰아이가 학원에서 돌아왔다. 포춘 쿠키 아냐며 딸아이에게 하나를 내밀었다. 녀석은 새침한 표정으로 운세가 적힌 쪽지가 들어 있는 과자 아니냐고 대꾸하고는 쿠키를 반으로 쪼갰다. 안에 들어 있던 종이를 빼고 날름 입안에 과자를 털어 넣는 아이를 보고 있자니 이유 없이 빙그레 미소가 지어졌다. 자식 입에 먹을 것 들어가는 것이 세상에서 가장 행복한 일. 엄마 마음이 그렇다.

설거지를 마저 하고선 인증샷을 찍겠노라 맘먹고 있었는데 언제 왔는지 남편이 러닝셔츠 차림으로 입을 오물오물하고 있다.

마설 : 당신 여기 있던 쿠키 먹은 거야?
남편 : (고개만 *끄덕끄덕*)

이런 곰 같은 사람 같으니라구

마설 : 정말? 장난이지?

남편 : (고개만 도리도리)

마설 : 아이 정말! 내 인증샷….

아이 입에 들어갈 때는 그렇게도 흐뭇했는데 남편이 오물거리는 걸
보자 짜증이 확 솟구쳤다. 그런데 갑자기 "우웩" 구역질을 하며 화장실로
달려가는 남편. 쿠키 안에 있는 운세 쪽지를 삼킨 모양이었다. 영화관에
서 무지 슬픈 신파 영화를 보고 나온 사람처럼 눈이 빨개진 남편을 보자
까르르 웃음이 나왔다. 어느새 애들보다 모르는 게 많아진 어른 둘. 그것
도 나쁘지 않겠다. 나날이 회춘하는 거라 생각하지 뭐.

기념일

만난 지 100일째 되던 날 남편은 얼굴이 발그레, 쑥스러워 어쩔 줄을 몰라하면서 작은 선물상자를 내밀었다. 반지였다. 사각 링의 #커플반지. 심플한 디자인이 맘에 쏙 들었는데, 반지도 반지지만 그런 센스를 발휘한 내 구 남친(현 남편)이 얼마나 기특하던지.

결혼을 하고서도 결혼 예물은 보석함에 잘 넣어두고 그 커플 반지를 계속 끼고 다녔다. 결혼 예물처럼 부담되지도 않고, 어떤 차림에나 두루두루 어울리는 반지였다. 무엇보다 내 손에 딱 길들여진 반지라 빼고 싶지가 않았다.

그런데 그만 반지를 잃어버렸다. 신혼이었을 때니 벌써 십수 년 전의 일이다. 공중화장실에서 손 씻는다고 빼놓고서는 깜빡해버렸다. 원래는 손 씻을 때도 빼두지 않았는데 결혼을 하고 주부습진이 생겨버린 탓에 그 무렵 손 씻을 때면 반지를 뺐다가 손이 바짝 마른 후에 다시 끼곤 했다.

우리의 첫 기념 반지를 잃어버리다니…. 나 자신이 너무 바보 같아서 얼마나 속상했는지 모른다. 하지만 엎어진 물을 다시 담을 수가 있어야지. 남편에게 이실직고했더니 오히려 남편이 나를 위로했다. 당시 페인트 연구원이었던 남편은 실험실에서 매일같이 원료를 만져야 했고, 때문에 반지를 낄 수가 없었다. 그래서 커플 반지 꼭꼭 끼고 다니는 내게 늘 미안한 마음이 들었다고, 그러니 반지 잃어버린 거 너무 속상해 말라고 했다. 다음에 더 예쁘고 좋은 걸로 선물해주겠다는 말도 덧붙였다.

아이들이 태어나니 여기저기 챙길 것들이 연애 시절보다 곱절로 늘어났다. 우리 둘의 기념일은 서로 알고도 모른 척 지나쳐버리는 날도 많아졌다. 한편으론 서로의 깜빡거리는 정신을 애교로 봐줄 수 있는 나이가 됐다. 문득 잃어버린 커플링이 생각난 오늘, 난 참 매번 받기만 했었네… 매번 나는 참 소홀한 사람이었네… 그런 생각이 들었다. 이번 결혼 기념일에는 내가 먼저 커플 반지를 남편에게 선물해야겠다. 그때 그 반지를 닮은 걸로 그렇게 우리의 연애 시절을 소환해야지.

연애, 그릴 연 사랑 애
남녀가 서로 애틋하게
그리워하고 사랑하는 일
그러니까 연애라는 건
처녀 총각만의 사랑 놀음이 아니란 말씀
결혼해도 연애하듯 살아요, 우리

팔불출이라도 괜찮아요

　　#사랑은 마음을 빼앗기는 게 아니라 #눈동자를 빼앗기는 거란다. 내 시선이 자꾸만 누군가를 더듬고 있다면 그건 아마도 사랑이란다. 어느 날인가 라디오에서 흘러나온 이야기다. 어른들께서 제 자식이 영 탐탁지 않은 사람을 데려왔을 때 '눈이 삐었다'고 말씀하시는 것도 이런 맥락이겠지?

　　연애할 때 보면 같은 여자인데도 뭔가를 계속 받는 애들이 있고, 반면 받기는커녕 계속 퍼다 주기만 하는 애들이 있다. 이게 꼭 주고받고의 '기브 앤 테이크'까진 아니더라도 한쪽으로 치우치는 관계는 뭔가 문제가 있다. 그런데 받는 것에만 익숙했던 친구가 자꾸 뭘 주려고 할 때, 퍼다 주기만 하던 친구가 누군가의 호의를 기꺼이 받아들일 때, 그럴 때 정말 눈빛이 달라지고, 좋은 #인연을 만나더라. 그렇게 눈이 삔 사람 여기에도 있습니다. 모르는 사람에게는 그저 배 나온 중년 아저씨겠지만 내 눈엔 그저 토실토실 귀여운 남자. 그래도 우리 남편이 왕년엔 주윤발 뺨 쳤다니까요! 가끔 이렇게 #팔불출이 되어본다. 예쁘다, 예쁘다, 하면 진짜로 예쁘게 보이는 법이니까.

예쁘다 예쁘다 하면
진짜로 예쁘게 보인다니까요
내 눈엔 그저 사랑스러운 당신

홍금보의 ──────
　　　발레

　　어른들 말씀이 같이 술을 마셔보면 그 사람의 됨됨이를 알 수 있다고 했다. 술이랑 됨됨이랑 무슨 상관이래? 그렇지만 장난기가 발동한 나는 결혼 전 남편에게 술을 진탕 먹인 적이 있다. 남편의 술 매너는 아주 깔끔했다. 자기 주량을 아는 듯 적당히 먹는 모습도 좋았고, 술을 꽤 마시고도 여자 친구인 나를 집까지 바래다주고 돌아가는 모습도 좋았다. 역시 내가 사람 보는 눈이 있지! 나는 내 안목을 철석같이 믿고 있었다.

　　반전은 결혼 후에 찾아왔다. 남편의 #주사는 나날이 재미나게 진화했는데 어느 날부터는 마치 발레리나처럼 까치발로 뱅그르르 춤을 추기 시작했다. 주윤발에서 홍금보로 변한 내 남편의 음주 춤사위. 대체 왜 저럴까? 한심하기도 하고, 어이도 없고, 그러다 별안간 웃음보가 터지고 만다. 인생의 무게를 견디느라 두 어깨가 한시도 가벼울 리 없을 남편. 내색하지 않고 씩씩하게, 유쾌하게 우리 가족을 뱅그르르 감싸주는 것 같아서 고맙네.

인생의 무게를 견디느라
두 어깨 한시도 가벼울 리 없는 내 남자
참 고마운 사람

진작 얘기하지 ——— 그랬어

서운했던 거, 속상했던 거, 힘들었던 거,
혼자서 끙끙 앓지 말자.
표현 안 해도 다 알아줄 거란 생각조차
내 욕심일 때가 많다.

진작 얘기하지 그랬어 …

맥가이버를 잃고 ——— 흥부를 얻었다

우리 어릴 적에도 #미드가 있었다. 내가 가장 재미나게 봤던 건 매주 일요일에 방영되었던 #맥가이버였다. 내 눈에 맥가이버는 정말 완벽한 남자였고, 나는 어른 남자들은 모두 맥가이버 같을 줄 알았다. 뭐든지 척척, 못하는 게 없는 그런 존재.

드라마는 드라마일 뿐! 우리 남편은 맥가이버와 거리가 한참 멀었다. 뭐 딱히 쓸데가 없어도 공구라면 반색을 하고 종류대로 장만하는 남자들이 많다는데 우리 집에는 그 흔한 드라이버 하나가 없었다. 집에 뭐 하나라도 망가지면 시아버지께서 오시길 오매불망 기다려야 하는 신세. 문제는 공구가 있으면 뭘 하나? 남편은 그런 일에는 젬병인 사람. 하루는 속이 터져서 "학교 때 기술 시간 없었어?"라고 짜증도 내봤는데 신랑은 "있기야 있었지"라고 대답하며 사람 좋은 미소만 짓는 게 아닌가!

남편이 못하면 나라도 이 집을 지키리라! 그런데 다른 것에는 태평양만큼이나 마음이 후한 남편이 공구엔 이상하게 인색했다. 시댁에 있으니 그걸 쓰면 된단다. 내가 맥가이버를 바라는 것도 아니고 그저 공구가 필요하다는데… 아니 급할 때 언제 그걸 가져와 쓰냐고요. 남편은 공구 장만이야말로 과소비라 했고, 오기가 생긴 나는 남편 몰래 공구를 사 모으기 시작했다. 어휴….

그런데 이 남자 그기 하나 빼고는 정말 마음 씀씀이가 끝내준다. 내가 이래저래 바쁘다 싶으면 혼자서 양가 어르신들 나란히 모시고 근교 드라이브를 다녀오기도 하고, 영화관에서 최고 인기라는 영화를 보기도 한다. 시부모님과 친정 부모님 구분 없이 아들 노릇을 하는 이 남자는 그렇다고 생색을 내는 법도 없다. 남편의 싹싹함 덕에 양가 부모님 사이는 나날이 돈독해졌고, 얼마나 친하게 지내시는지 모르는 사람은 사돈지간이라곤 상상도 못할 정도다.

남자는 여자 하기 나름이라고 하는데 우리 집은 그 반대. 그러니 맥가이버가 아니면 어떻고, 공구 하나를 두고 사네 마네 옥신각신하면 좀 어떤가. 이 #흥부 같은 남자 덕분에 이렇다 할 시집살이 없이 친정 부모님을 모시고 사는 나인데 말이다.

이상형은 이상형일 뿐

미안해 사랑해 ——
　　　　고마워

윌리엄 폴 영의 《이브》를 읽고 아끼지 말아야겠다고 다짐한 말.
미안해, 사랑해, 그리고 고마워.

솔직해지는 게
두려워
입에서만 맴도는 말,
미안해
말하면 내가 더 아플까봐
숨겨둔 말,
사랑해
너무 당연해서
하지 못한 말,
고마워

우리 이렇게 귀여운 ──── 할머니 할아버지가 되자

친정아버지가 가꾼 옥상 텃밭에 대파가 풍년이다. 아버지는 대파 좀 사돈댁에 가져다 드리라고 하셨고, 나는 엄마가 곱게 정리해주신 대파를 들고 쪼르르 시댁에 달려갔다.

마설 : 아버님, 친정아버지께서 이걸….
시아버지 : 이 귀한 걸 사돈어른들께서 언제 키우셨다니? 여보, 지
　　　　　 난번에 담근 오이지 좀 사돈댁에 드립시다. 그거 아삭하
　　　　　 고 맛이 괜찮아.

대파를 보고 반색한 시부모님께서 오이지를 한가득 싸주셨다. 나는 다시 쪼르르 친정 부모님에게 오이지를 배달했다.

마설 : 엄마, 아빠, 시댁에서 이걸….
엄마 : 어머, 사돈어른들께서 이 귀한 걸 언제 담그셨다니?

우리 아들딸이 제 짝을 찾아 결혼하고 나면 나와 남편도 이런 모습

일까? 이렇게 귀여운 할머니 할아버지가 되는 것도 나쁘지 않을 것 같다. 작은 것에도 감사할 줄 아는 마음으로. 땀과 정성을 귀하게 여길 줄 아는 사람으로. 우리 부모님들처럼 그렇게 살아야지.

작은 것에도 감사할 줄 아는 마음으로
땀과 정성을 귀하게 여길 줄 아는 사람으로
우리 부모님들 처럼 그렇게 살아야지

Part 04

엄마, 우리들의 원더우먼

"엄마, 나 엄마 딸로 태어나서 정말 행복해"

엄마 딸로 태어난 건 ―― 정말 행운이야

새벽부터 칠순 노모가 불을 켠 주방은 몹시 분주하다. 통통통통 도마 위 칼질 소리가 경쾌하게 울리더니 이내 압력솥이 요란을 떨고, 무엇을 볶는지 고소한 참기름 냄새가 온 집안에 퍼져나간다. 상다리 휘어질 정도의 잔칫상은 아니지만 엄마의 손맛과 정성으로 가득한 오늘의 아침 밥상엔 육류보단 해산물을 선호하는 딸의 입맛에 맞게 소고기 없이 미역만 달달 볶아 끓인 미역국과 꼬막무침이 올라왔다. 친정엄마와 함께 사는 여자의 배부른 #생일 아침 풍경.

아이들 아빠가 전날 퇴근하면서 사 온 케이크를 식탁 한가운데 올리고 초에 불을 붙인다. 한 해 한 해 이러다가 불나겠다 싶을 정도로 초 개수가 어마어마하다. "이게 다 몇 개야? 한두 개만 꽂지… 이걸 수대로 다 꽂았어?" 민망한 마음도 들지만 환하게 밝혀진 촛불처럼 내 얼굴도 환해진다. 축하를 받는다는 게 얼마나 기쁘고 감사한 일인지 새삼 뭉클해지니 말이다. 챙겨야 할 사람도 많아졌지만 반대로 나 역시나 챙김 받고 있다는 사실이 정말로 고맙다.

앞으로 가족들과 함께 맞을 생일이 몇 번이나 될까? 해가 갈수록 줄어들겠지? 촛불을 불면서 식구들 생일을 하나하나 곱씹어본다. 절대 까먹지 말아야지. 곱게 화장하고, 멋있게 차려입고, 웃는 얼굴로, 그렇게 축하해줘야지.

바깥일이 있었던 날, 생일상 든든히 먹고 외출했더니 일도 술술 잘 풀리는 기분이 들었다. 일을 마치고 집으로 돌아와 어린아이처럼 엄마를 찾았다. 엄마 방. 엄마의 작아진 어깨.

내 새끼 성장 마사지는 잘도 해주면서 엄마에게는 제대로 된 안마 한 번 못해드렸다는 생각에 스스로가 괘씸해진다. 살포시 다가가 엄마의 어깨를 꾹꾹 주무른다. 엄마는 힘들다고 한사코 그만하라고 내 손을 잡는다. 이왕 시작한 안마, 다리도 꾹꾹 주무른다. 내 마음이 안마를 받은 것처럼 개운해진다.

이 세상에 엄마 없이 태어나는 사람은 없다. 잘난 사람도, 못난 사람도, 대통령도, 노숙자도, 모두 엄마 배 속에서 나고 자란다. 그러니 엄마 앞에서는 누가 더 잘나고 누가 더 못났을까? 강인한 엄마에게 나고 자랐으니 우리 모두는 약하고 못난 사람일 수가 없다.

"엄마, 나 엄마 딸로 태어나서 정말 행복해."

10년 동안 길러온 머리를 자르고
뽀글뽀글 파마머리를 한 울 엄마
백발성성 뽀글머리 할머니가 되었네
언제 세월이 이렇게나 흘러버렸나?

긴 생머리 할머니

왜 여자는 나이가 들면 머리카락을 짧게 자르고 #뽀글뽀글 #파마 머리를 하는 걸까? 뽀글이 파마는 어쩐지 아줌마와 할머니로 귀결되는 '나이 든 여자'의 상징 같아서 영 맘에 들지 않는다. 그럼에도 나는 지난 10년 동안 긴 생머리를 높다랗게 묶어 일명 '똥머리'를 하고 다닌 엄마에게 나이에 맞지 않는 헤어스타일 아니냐며 핀잔을 주곤 했다. 나는 되고 엄마는 안 되고? 이건 대체 무슨 심보란 말인가?

사실 엄마는 내 어린 시절 내내 뽀글이 파마머리를 한 아줌마였다. 우리 삼 남매는 엄마의 그 파마머리가 가수 인순이 머리를 닮았다고 놀리며 '군바리 김 여사님'이라고 불렀다. 뽀글머리와 군바리 사이에 연결되는 이미지는 하나도 없지만 그저 엄마한테 장난치고 싶어서 그냥 입에서 나오는 대로 #아무말대잔치. 조막만 한 삼 남매가 그렇게나 놀려대도 엄마는 파마가 좀 풀린다 싶으면 냉큼 동네 미용실로 쫓아가 다시 빠글빠글하게 머리를 볶아 오셨다.

그런데 10여 년 전부터 엄마의 미용실 나들이가 뜸해졌다. 제법 청년 태가 나던 남동생이 불의의 사로고 먼저 세상을 떠난 뒤로 엄마는 아들자식 먼저 떠나보낸 죄인이라며 미용실 가기를 꺼리셨다. 부모보다 먼저 떠난 놈이 불효자구만 엄마는 십수 년이 지난 지금까지도 자신을 죄인이라 하신다.

제법 듬직했던 서른 즈음의 청년, 그렇게 다 키워 앞길이 창창한 자식을 먼저 보낸 어미의 심정은 어땠을까? 모르는 사람들은 어째 시부모님 안 모시고 친정엄마와 함께 사냐고 신기한 듯이 묻곤 하는데, 결혼 후 줄곧 시부모님과 함께 살았던 내가 친정엄마와 살림을 합치게 된 데에는 이런 사연이 있었다.

요 근래 엄마는 지난 10년간 고수해오던 헤어스타일에서 과감한 변신을 시도했다. 남동생이 곁에 있던 그 어느 날처럼 머리카락을 짧게 자르고 뽀글이 파마를 하신 거다. 그때와 다른 점이 있다면 백발성성한 뽀글이라는 거. 세월이 이렇게나 흘러버렸네.

엄마의 짧고 뽀글한 파마머리가 반갑기도 했지만 동시에 마음 한 구석이 짠해졌다. 엄마가 그 깊은 슬픔을 이제라도 조금 이겨낸 것 같아서, 그게 너무 고마워서. 아무렇지 않은 척 엄마에게 농담을 건넸다.

"우리 엄마, 인순이 빠마했네? 군바리 김 여사님 오랜만이다."

울 엄마의 ──── 스마트폰

    2G 유저였던 울 엄마에게 새로운 세상이 열리고 있다. #스마트폰을 장만한 후 수시로 휴대전화를 들여다보며 싱글벙글 기분 좋은 미소를 짓는 엄마. 이건 마치 앳된 얼굴의 여학생이 난생처음 사귀게 된 남자 친구와 카카오톡을 주고받는 듯한 표정인데… 엄마는 대답 없이 그저 싱글벙글. 다시 물었다. 누구랑 그렇게 재미나게 이야기하는 거냐고. 얼굴이 발그레해진 엄마는 몇 번이나 뜸을 들이고서야 궁금증을 풀어주었다.

    "응, 진로마트. 매일 잊지도 않고 이렇게 문자를 보내주네. 고맙게."

    광고 문자에 반색하는 엄마를 보며 내가 참 무심한 딸이었구나, 속이 쿡 찔렸다. 가만히 내 방에 들어가 건넌방에 있는 엄마에게 문자 메시지를 보냈다. "엄마, 스마트폰 좋아?" 이내 "크크크큭" 엄마의 웃음소리가 들린다. 넘나 재미있어 하시는 것.

    문득 모 보일러 광고 카피가 떠오르면서… '어머님 휴대전화에 매일 문자 한 통 넣어드려야겠어요' 속으로 다짐을 했다.

2G에서 스마트폰으로 갈아탄 엄마
그런 엄마를 웃게 한 건 바로, 광고 문자
무심한 딸은 반성합니다

목화솜 이불이 —— 묵직한 이유

얼마 전 장롱을 정리하다가 엄마와 실랑이가 벌어졌다. 이미 몇 번 실랑이가 있었던 #목화솜이불 때문이다. '가볍고 따뜻한 이불도 많은데 저리 무겁고 공간도 많이 차지하는 목화솜 이불 좀 내다 버리자고요, 엄마! 잘 덮지도 않는데…' 내게는 애물단지 같았던 엄마의 목화솜 이불. 그런데 엄마는 이상하리만치 이 목화솜 이불 얘기만 나오면 입을 꼭 다무셨다. 이번에도 듣는 둥 마는 둥 하시더니 내 끈질긴 재촉에 결국 한마디 하셨다.

"내 살아서는 못 버린다!
이 이불 울 엄니가 어떻게 해주신 건데….
버릴 거면 늙은 나도 같이 내다 버려!"

엄마의 엄마, 그러니까 외할머니께서 엄마 혼수로 해주신 이불. 48년 된 엄마의 #추억이기에 그 무게가 결코 가벼울 수 없다는 걸 그제야 알게 된다.

애물단지 같았던 엄마의 목화솜이불
엄마의 엄마, 외할머니의 사랑을 머금은
묵직한 이불 한 채
48년 된 엄마의 추억이기에
그 무게가 결코 가벼울 수 없다는 걸
이제야 깨닫는다

입장 바꿔 내 딸아이가 내가 사준 #선물을 오래오래 간직한다면 얼마나 고맙고 기쁠까? 이제껏 엄마에게 받은 선물들을 떠올려보는데… 다 어디로 갔는지… 난 참 한결같이 무심한 딸이네. 그런데 울 엄마는 내가 첫 월급 기념으로 선물해드린 은수저 세트를 아직까지 반짝반짝 닦아 쓰고 있다. 그 선물 받으시면서 딸 키운 보람 있다고 하셨던 게 너무도 생생하게 떠오르는데… 벌써 20년 전이구나.

'엄마, 다시는 목화솜 이불 버리자고 하지 않을게요.'

엄마 손이 ——— 약손

김밥 몇 개를 집어먹었을 뿐인데 체하고 말았다. 머리가 지끈거리고 몸이 으슬으슬 한기까지 느껴졌다. 약도 먹고, 손도 땄는데 체기는 내려가지 않았다. 그렇게 종일 끙끙 앓았다. 식구들이 모두 나가고 혼자 있었던 날이라 더 서러운 기분이 들어 눈물까지 찔끔 흘렸다. 그러다 잠이 들었는데 얼마나 지났을까? 방으로 들어와 내 머리와 이마를 매만지는 손길이 느껴졌다. 엄마다. 별말 없이 조용히 문을 닫고 나간 엄마. 또 얼마나 지났을까? 희미하게 엄마 목소리가 들린다.

"좀 일어나봐. 이거 한술 떠. 먹어야 기운을 차리지."

축 늘어진 몸을 겨우 일으켜 식탁 앞에 앉았다. 김이 모락모락 피어오르는 콩나물죽 한 그릇. 아무것도 먹고 싶지 않고, 아무것도 삼키지 못할 것 같았는데 삽시간에 콩나물죽 한 그릇을 비웠다. 그러자 체기는 꾀병이었던 것처럼 사라져버렸다. 체한 게 아니라 엄마 앞에서 응석을 부리고 싶었나 보다. 몸도 마음도 콩나물죽만큼 따뜻해졌다. 말하지 않아도 알 수 있는 #엄마마음 언제나 엄마 손이 #약손.

언제나 엄마 손이 약손

못났다 ———
　　　　정말

　　욕실에 들어갔다가 "꺅" 비명을 질렀다. "어머머, 내 옷. 이게 어찌
된 거야?" 아끼는 옷인 데다 소재가 니트라 손빨래하려고 욕실 바닥에
던져두었는데 세상에나 이게 도대체 뭐지? 검은색 니트가 군데군데 물이
빠진 듯 희끗희끗하고 실이 쪼그라들었는지 모양새가 이상했다. 비명에
가까운 내 목소리에 놀라 달려온 엄마가 무슨 일이냐며 묻는데… 쿵쿵,
락스 냄새가 난다.

　　마설 : 뭐야, 엄마 이 옷 락스에 담갔어?
　　엄마 : 아니, 욕실 청소하려고 바닥에 락스 좀 뿌려놨지.
　　마설 : 아유, 무슨 청소를 하신다고… 이거 어떡해… 내가 못 살아!

　　엄마가 욕실에 락스 뿌려둔 것도 모르고 나는 손빨래할 옷들을 욕
실 바닥에 던져놓았던 것이다. 결국 내가 잘못한 건데 속상한 마음에 엄
마에게 짜증을 내고 말았다. 적반하장도 이런 적반하장이 없다.

　　욕실 정리를 하고 저녁 준비를 하는데 집 안 공기가 싸하다. 엄마에

게서 별 인기척이 없다. 방에 들어가서 뒤돌아 누운 엄마. 아차차. 딸 힘들까 봐 청소라도 돕겠다고 엄마가 부지런히 움직이셨던 것 같은데… 나는 옷이 뭐라고 그렇게 호들갑을 떨고 말았다. 그제야 미안한 마음이 스멀스멀. 그런데 너무 미안하니까 오히려 미안하다는 말조차 하기가 미안했다. 못났다, 정말.

그렇게 하루가 지나고 이틀이 지나고 자연스레 아무 일 없었던 것처럼 일상은 계속됐지만 마음 한구석에 그날의 일이 계속 뱅글뱅글 돌아다닌다. 잊지 말아야지. 미안하다는 말, 죄송하다는 말, 그런 말은 속으로 삭이지 말아야지.

너무 미안한데
정말이지 너무 미안할 때는
미안하단 말이
입 밖으로 나오질 않는다
못났다 정말

나의 ──────
　　원더우먼

　　내가 꼬맹이였을 때 엄마는 #원더우먼이었다. 엄마에게 말하면 안
되는 게 없었으니까. 내가 학교에 들어가고, 사회생활을 하고, 결혼하고,
아이를 낳고, 그렇게 엄마가 되고 보니 엄마가 원더우먼이 될 수밖에 없
었던 이유를 어렴풋하게나마 알 것 같다.

　　강인한 것 같지만 때로는 여리기도 한 여자.
　　엄마, 이제 내가 엄마의 원더우먼이 될게요.
　　내 맘속엔 늘 원더우먼인 김 여사님!
　　우리 행복하게 삽시다!

내겐 늘 원더우먼이었던 엄마
이제 내가 엄마의 원더우먼이 될게요

햇살이 밝았느냐
문도 못열어 놓는 세상

우리 집 ──────
기상 캐스터

커다란 창으로 한가득 볕이 들었던 날이다. 속으로 날이 꽤 좋은가보다, 하고 있었는데 뒷짐을 진 채 창밖을 내다보고 있는 엄마의 뒷모습에서 마뜩지 않은 기운이 느껴진다.

"햇살이 밝았느냐, 문도 못 열어놓는 세상. 비나 쏟아져라!"

미세먼지 가득했던 날 아침 엄마의 푸념. 이렇듯 매일 아침 창가에 선 엄마를 보며 그날의 날씨를 짐작하게 된다. 기상 캐스터가 따로 없는데, 요사이 미세먼지 때문에 집 안에서 옴짝달싹 못하니 꽤나 답답하셨던 모양이다.

그러게, 언젠가부터 외출 준비를 할 때면 무더운 한여름을 제외하곤 마스크를 챙기게 된다. 마스크 없이 상쾌한 공기를 들이마시고 내쉬고, 그렇게 숨을 숨답게 쉬고 싶은데…. 그렇지만 엄마의 넋두리는 우리집 #기우제라고나 할까? 곧 비가 쏟아질 게 분명하다!

나는 ——————
베스트 드라이버

"엄마, 엄마는 아프지 마세요. 엄마 덩치가 커서 아무도 못 업어.
그러니 항상 건강하셔야 해요."

남동생은 장난기 가득한 얼굴로 엄마를 놀리곤 했다. 애교 섞인 장
난이라 생각했는데 동생이 먼저 세상을 떠나자 그 말이 가슴에 콕 박혔다.
엄마보다 자기가 먼저 하늘나라에 갈 걸 예상이라도 했단 말인가?

그 녀석을 떠나보낸 후 내 어깨는 무거워졌다. 부모님에게 무슨 일
이 생기면 뭐부터 해야 할까? 아무래도 기동력이 있어야 할 것 같았다.
나는 깊숙이 처박아두었던 #장롱면허를 꺼내 부지런히 연수를 받았다.
떨리긴 했지만 이를 악물고 운전연습을 했다.

운전이 꽤 늘었다. 운전을 하니 내 생활이 편해진 것도 분명 있었지
만 가장 좋은 건 부모님 모시고 맛있는 거 먹고 싶을 때 언제든 식도락을
할 수 있게 됐다는 점이다. 얼마 전에는 신당동 떡볶이거리에 두 분을 모
시고 갔다. 매번 바람 쐴 겸 교외로, 지방으로 멀리 다녀오다가 이번엔 집

운전 배우길 참잘했어
부모님 모시고 식도락 여행
이 구역의 효녀는 나야 나

가까운 데로 한번 가보자 하고 나선 길이었다. 너무 애들 음식인가 싶었는데 두 분이 떡볶이를 원래 이리 좋아하셨나 싶을 정도로 엄청 맛나게 드시는 게 아닌가! 셋이서 무려 5인분을 먹었다. 이렇게 또 내가 몰랐던 엄마 아빠의 취향을 알게 된다.

두 분 연애 시절 이런 분식집에 마주 앉아 떡볶이 데이트를 하셨던 걸까? 그러나 묻지 않았다. 그저 사춘기 소년, 소녀가 된 듯한 두 분을 보며 혼자서 배시시. 그리고 운전 배우길 참 잘했다는 생각을 했다.

동생아, 보고 있니?
누나 완전 베스트 드라이버지?
이 구역의 효녀는 나야 나!
그러니 걱정 마!
엄마 아빠는 누나가 책임져!

짧지만 따뜻한 30초

이어령 선생께서 자신보다 먼저 세상을 떠난 딸의 3주기에 펴낸 책 《딸에게 보내는 굿나잇 키스》를 읽었다.

당대의 지식인으로서 읽고 쓰는 일에 골몰했던 당신이기에 아빠에게 방해가 될까 머뭇거리다가 "아빠, 굿나잇"이라고 조용히 인사를 건네곤 했던 딸아이. 당신은 뒤돌아보지도 않은 채 손만 흔들며 건성으로 대답한 것이 못내 사무친단다. 그는 하느님이 허락하신다면 낡은 비디오테이프를 되감듯이 그때로 돌아가 딱 30초를 누리고 싶다고 했다. 그러면 그때에는 글 쓰던 펜을 내려놓고, 읽다 만 책장을 덮고, 두 팔을 활짝 펴 딸아이를 천장에 다다를 만큼 높이 들어올려서 상기된 뺨에 굿나잇 키스를 하고 싶다고.

종일 비가 내리는 오늘, 엄마는 다리도 아프고 여기저기 쑤시고 결린다고 방에서 꼼짝하지 않으신다. 그러고는 뒤돌아 누워 눈물을 훔친다.

마설 : 엄마, 왜 그래? 어디 아프셔?

30초, 짧지만 따뜻한 순간
아무리 바빠도 30초면 충분하다

엄마 : 아니, 이렇게 비가 오니 울 엄마는 괜찮으실까 싶어서….

칠순의 노모는 구순의 엄마 생각에 마음이 안 좋고,
난 울 엄마 때문에 마음이 짠하다.
뒤에서 살포시 엄마를 껴안는다.
30초, 짧지만 따뜻한 순간.
아무리 바빠도 30초면 충분하다.

쓸데없어도 ——— 좋아요

예전에는 얼마나 관심이 없었는지 이름 아는 꽃이 많지 않았다. 지금도 뭐 그리 많이 아는 것은 아니지만 꽃가게를 지나가다 낯선데 참 예쁘다 싶은 꽃이 있으면 가만히 들여다보다가 끝내 꽃가게에 들어가 기어코 꽃 이름을 묻게 된다.

누군가는 쓸데없이 돈 쓴다고 싫어한다지만 꽃 선물 받고 기분 나쁠 사람이 있을까? 어느 날인가 핑크색 안개꽃이 유독 예쁘게 보였던 날, 엄마에게 꽃 한 다발을 안겨드렸다. "뭐 이런 걸 다…"라고 시큰둥한 답이 돌아왔지만 엄마의 환한 미소가 본심을 이야기해주었다.

쓸데없어도 좋습니다.
우리 마음이 올망졸망
꽃송이처럼
곱게 피어날 수 있다면.

뭐 이런 걸 다… 뜬금없는 꽃 선물

쓸데 없어도 좋습니다
우리 마음이 올망졸망
꽃송이처럼 피어날 수 있다면

이름 불러 주는 사람이 있다는 게
얼마나 행복한 일인지 모른다
엄마가 생각났다
지금은 희선이 엄마이고,
석찬이 할머니고,
10동 105호 어르신인
우리 엄마에게도
이름이 있었다
이젠 아무도 불러 주지 않는 이름
주민등록증 한쪽 구석에서
하루하루 빛이 바래가는 이름
나는 오늘 우리 엄마 이름을
함부로 부른다

원희씨, 미안해요

- 정철, 〈꼰대 김철수〉(허밍버드) 중에서

엄마에게도 ―― 이름이 있다

어렸을 때부터 엄마의 이름이 좋았다. 촌스러운 것 같으면서도 정이 가는 엄마의 이름. 그래서 가끔 건방지게 엄마 이름을 불렀는데 엄마는 "요 나쁜 년!" 하시면서도 싫어하는 눈치는 아니었다.

한동안 엄마 이름을 까먹고 있었네.
오늘은 엄마 이름을 불러봐야지.
경순 씨! 사랑합니다!

엄마가 ———
휴가를 나온다면

친정 부모님, 시부모님 양가 어르신들을 모시고 병원에 가는 날이 부쩍 늘었다. 입을 모아 "나이 드니 이렇게 하나둘 고장이 난다"고들 말씀 하시는데, 그 소리를 들을 때마다 괜히 짜증이 나서 "그런 말씀 하지 마 셔요" 나도 모르게 톡 쏘게 된다.

《오세암》으로 잘 알려진 동화 작가 정채봉 선생이 남긴 시 가운데 〈엄마가 휴가를 나온다면〉을 읽고 왈칵 눈물이 쏟아졌다. 세상을 떠난 어머니를 그리워하는 마음이 너무도 절절해서. 제목처럼 하늘나라에 가 계시는 엄마가 하루 휴가를 얻어 오신다면 하루가 아니라 반나절, 반 시 간, 아니 단 5분이라도 좋으니 엄마 품에서 눈을 맞추고, 젖가슴을 만지 고, "엄마" 하고 소리 내어 불러보고 싶다고. 그리고 내 맘속에 품고 있는 설움 중에 딱 한 가지 억울했던 일을 일러바치고 엉엉 울겠다고 말이다.

양가 부모님 그래도 아직까진 정정하신 편이라고는 하지만 만약 이 세상에 안 계신다는 상상을 하면… 솔직히 생각도 하기 싫다. 남동생을 먼저 떠나보낸 경험이 있는 나로서는 슬픔도 슬픔이지만, 이분들이 갑자

엄마…

"나이 드니 이렇게 하나 둘 고장이 난다.
이제 갈 때가 됐지"

"그런 말씀 마셔요"

기 내 곁을 떠난 후에 맞닥뜨릴 허전함과 그리움이 생각만으로도 벌써
두렵게 느껴진다. 친척 할머니가 돌아가신 어느 날에 먼 친척 어르신 한
분이 이런 이야기를 하셨다. 살면서 그 흔한 사랑한다는 말 한 번 못하고
보내드린 게 그리 안타까울 수 없다고….

쑥스러워서 입에 담지 못했던 말들이 많다. 부모님이 곁에 계실 때
아낌없이 말하며 살아야겠다고 다짐한다.

"사랑합니다, 정말."

Part 05

옛날 사람 아닌데
자꾸만 옛 생각에 퐁당

초인종과의 ──────
　　　　　밀당

"나의 살던 고향은~~~" 꽃피는 산골은 아니었다. 어린 시절 내가
뛰놀던 곳은 미로 같은 골목길로 끝없이 이어졌던 서울 금호동. 고향과
서울이라는 단어는 어딘가 안 어울리는 느낌이지만 어쩌겠어, 나는 서울
토박이인 것을.

옹기종기 단층 주택이 붙어 있던 동네에 어느 날부터인가 양옥집
이 하나둘 들어서기 시작했다. 그때만 해도 양옥집은 돈깨나 있는 부잣
집의 상징적 이미지. 어린 내 눈에도 양옥집에 사는 친구들은 선망의 대
상이었는데 그 친구들이 사는 그 집에서 가장 신기했던 건 바로 대문 담
벼락에 있던 #초인종이다. "띵동" 하고 누르면 벽에서 "누구세요?" 하는
소리가 나온다. 너무 신기해서 첩보원처럼 숨을 죽이고 있다가 주변을 살
핀 후 아무도 없다 싶을 때 다시 한 번 "띵동" 하고 누른다. 집주인 아줌
마는 짜증 섞인 목소리로 "누가 장난질이야?" 소리치며 당장에라도 뛰쳐
나올 기세. 그럼 난 정신없이 앞만 보고 줄행랑을 치곤 했다. 도망가는 와
중에 이상하게도 희열을 느꼈던 그때. 요즘에도 그런 장난을 하는 아이
들이 있으려나? 어쩐지 그 옛날 골목길이 그립다.

선풍기 한 대로 ─── 행복했던 그때

더워도 너무 덥다 싶었던 지난여름. 전기세를 생각하면 집에 혼자 있을 땐 에어컨을 켤 엄두가 나질 않았다. 있으면 뭐하나, 이런 게 바로 그림의 떡인가.

생각해보면 #선풍기 한 대로도 행복했었던 시절이 있었다. 아버지께서 퇴근길 수박 한 통과 얼음 한 덩어리를 사 오신 날이면 엄마는 노란 양재기에 수박을 수저로 듬뿍듬뿍 떠 담은 후 칠성사이다 한 병을 콸콸 부어 수박화채를 만드셨는데, 철부지 남동생과 나는 그새를 못 참고 수박을 달라고 아우성. 그럼 엄마는 입막음용 수박을 한 덩이씩 잘라주시곤 했다.

온 가족이 선풍기 앞에 둘러앉아 달디단 수박화채 한 입에 행복했던 그 시절. 그때와 비교하면 지금 우리 집은 완전 부자다.

선풍기 한 대로도
행복했던 적이 있었지요

엄마, ——— 100원만!

"엄마, 100원만…."

"엄마, 100원마안~~~."

"엄마아아~~~ 100원만 주세요오오~."

어쩜 그렇게 지치지도 않고 엄마에게 100원을 요구했는지 모르겠다. 그럼에도 엄마에게 100원을 받기는 하늘의 별 따기. 내가 좋아했던 #딱다구리 과자 한 봉지가 50원 하던 시절, 100원에 울고 웃던 그때가 얼마나 좋은 시절이었는지 그때는 정말 몰랐다. 그러고 보니 요즘엔 현금 가지고 다닐 일도 많지 않고, 10원짜리 50원짜리 동전은 더더욱 구경하기가 쉽지 않다.

한 푼 두 푼 아끼며 열심히 사셨던 부모님의 그늘이 좋았지.

엄마~~~
100원만!

소풍 ————————

#소풍 가는 날 아침이었다. 엄마는 김밥, 칠성사이다, 맛동산, 꿀꽈배기, 초코파이, 과일, 삶은 계란까지 가방에 차곡차곡 넣어주며 몇 번이고 되물었다. "씩씩하게 혼자 갈 수 있지? 김밥 꼭 챙겨 먹어야 해! 수민엄마 가신다니까 수민이 옆에서 먹어, 알았지?" 나는 입을 꾹 다물고 야무지게 고개를 끄덕였다.

내 생애 첫 소풍 장소는 장충단공원이었다. 저마다 엄마 손을 잡고 학교에서부터 장충단공원까지 걸어가 김밥을 먹는 게 소풍의 전부였는데, 엄마 없이 혼자였던 나는 외톨이가 된 것 같아 너무 속상하고 창피하기까지 했다. 엄마는 왜 못 오셨을까? 원망스러운 마음이 들었다. 결국 엄마가 챙겨주신 도시락은 꺼내지도 않았다. 친구들이랑 친구 엄마들이 함께 먹자고 타이르는데도 왜 그렇게 눈물이 터질 것만 같던지… 눈물을 겨우 삼키고는 배가 고프지 않다고 대꾸했다.

소풍을 마치고 터덜터덜 힘없이 집으로 돌아간 나. 가방 속 그대로인 도시락을 보고 엄마는 많이 안쓰러워하셨다. 훗날 언니가 말하길 울 할아버지의 생신이 매번 우리들 소풍날과 겹쳤다고 한다. 종갓집 큰며느리인 울 엄마는 할아버지의 생신 잔칫상을 차려드려야 했다. 할아버지께서 경로당 어르신들을 모시고 생일마다 잔치를 벌이셨으니 말이다.

울 엄마, 시아버지 잔칫상만도 벅찼을 텐데 새벽부터 내 소풍 김밥까지 싸느라 얼마나 힘들었을까…. 막 초등학생이 된 1학년 딸내미 소풍따라가지 못해 얼마나 속상했을까…. 오랜만에 #김밥 한 줄 싸봐야겠다. 엄마랑 같이 오후 간식으로 먹으면 딱 좋겠네.

괜찮아요
배안고파요

아빠,
대체 누굴 찍은 거야?

운동회 전날 밤 장롱 속에 고이 모셔두었던 무언가를 꺼내 요리조리 살펴보던 아빠. 동네 축제이기도 했던 운동회에 아빠는 전날 밤 신줏단지 모시듯 조심스레 매만지던 #카메라를 목에 걸고 나타났다. "아빠가 기똥차게 찍어줄게!" 아빠의 호언장담에 더 신이 난 우리 삼 남매.

땅! 총성과 함께 시작된 운동회의 꽃, 달리기! 우리 집 큰딸은 아쉽게도 3등, 막내아들은 스타트가 늦어 4등, 그런데 생각지도 않게 둘째인 나는 1등!!! 내 기똥찬 뜀박질에 흥분한 아빠는 연신 찰칵찰칵 카메라 셔터를 눌러댔다. 폼으로 보자면 프로페셔널 사진작가가 따로 없었다.

동네 사진관에 필름을 맡긴 아빠가 사진을 찾아오신다던 날, 나는 목이 빠지게 아빠를 기다렸다. 예쁘게 나왔겠지? 잔뜩 기대를 하고 사진 봉투를 꺼내보는데… 이게 뭐야? 내 사진은 오간 데 없고 뉘 집 자식인지 주인 모를 사진만 수두룩했다. '아빠, 제가 그렇게 빨랐나요?' 역시나 사진은 나와봐야 안다. 만고불변의 진리.

요즘엔 휴대전화로 언제 어디서든 찰칵. 찍었다가 맘에 안 들면 바로 지우고 다시 찍는 게 다반사. 그렇지만 건진 사진은 몇 장 없을지언정 그날의 추억이 담긴 그 #아날로그 필름 카메라가 어쩐지 더 애틋하게 느껴지는 건 저뿐인가요?

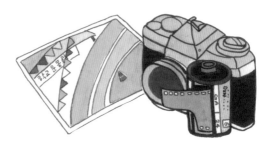

아빠, 누굴 찍은 거야?

장바구니 ────

　어릴 적 언덕배기에 있던 우리 집에서 시장까지는 꽤 먼 거리였는데 엄마는 #장바구니 무게는 아랑곳하지 않고 버스 요금 아껴 세 정거장이나 되는 거리를 걸어 다니셨다. 그러니 엄마 따라 시장 구경 가고 싶은데 매번 엄마는 "혼자 다녀오마" 하고 집을 나섰다. 하지만 언니와 나는 맛있는 주전부리 생각에 엄마 몰래 뒤따라 나가기 일쑤였다. 매번 얼마 못 가 엄마에게 딱 걸려버리곤 했는데, 참 이상도 하지, 엄마는 무지 혼낼 것처럼 따라오지 말라고 으름장을 놓으셨지만 뒤따라온 우리를 발견한 후에는 힘들게 왜 따라오느냐고 할 뿐 더는 말리지 않으셨다.

　참새가 방앗간을 어찌 그냥 지나가리오. 엄마를 졸라 꽈배기 도넛을 맛있게 먹으며 깔깔거렸던 언니와 나. 그저 신이 난 자매는 엄마 장바구니를 서로 들겠다고 옥신각신. 그럼 엄마는 "아이고, 우리 딸들 힘도 좋다야" 추임새를 넣었다. 엄마의 기꺼운 한마디에 더할 나위 없이 가볍게 느껴졌던 장바구니, 그리고 그때 그 시장길이 그립다.

나도 엄마따라 시장 가고 싶은데~
엄마 뒤꽁무니를 따라 살금살금
그 숨바꼭질마저도 신이 났던 시장구경

어머님은
짜장면이 싫다고 하셨어

광주에 머물고 계신 친정아빠에게 가 열무김치를 담가드렸던 날이다. 점심은 간단히 시켜 먹자 해서 엄마 아빠 모두 반색하는 중국요리를 배달시켰다.

사실 부모님께서 #짜장면을 이리도 좋아하시는 줄 몰랐다. 입학식이나 졸업식처럼 특별한 날에만 먹었던 짜장면. 엄마는 초등학교 입학식 날 선생님께서 이름을 호명할 때 대답 크게 잘 하면 짜장면을 사주겠노라 약속을 했다. 그거 뭐 어려운 일이라고…. 자랑스럽게 큰 소리로 대답한 나는 당당한 발걸음으로 중국집을 향해 걸었다. 그런데 당신은 배도 그리 고프지 않고, 짜장면이 맛난 줄도 모르겠다며 달랑 짜장면 한 그릇만 시키는 게 아닌가! 딸내미가 짜장면 한 젓가락을 먹고 나면 단무지 한 입 물려주기 바빴던 엄마. "엄마 정말 배 안 고파요?"라고 물어도 "응, 짜장면 맛도 없는데 뭐" 짧은 대답만.

초등학생이 많이 먹어봐야 결국엔 남기고 마는 짜장면. 엄마는 음식 남기는 게 젤 아깝다고 그제야 내가 남긴 짜장면을 싹싹 긁어 드셨다.

어머님은 짜장면이 싫다고 하셨어~
어머님은 짜장면이 싫다고 하셨어…

그때는 정말 엄마가 짜장면을 싫어하는 줄 알았다. 그저 음식 남기는 게
아까워서 마지못해 드시는 건 줄 알았다. 그런데 이게 무슨 일, 우리가 다
크고 각자 돈벌이를 할 때쯤이던가, 엄마는 짜장면을 먹을 때면 보통도
아닌 곱빼기를 주문하셨다. 이제껏 참았던 짜장면을 보상이라도 받듯이.
엄마의 곱빼기 그릇을 볼 때면 어린 시절 엄마가 나를 흐뭇하게 바라보셨
던 것처럼 내 마음도 흐뭇해진다.

"엄마, 천천히 드셔. 단무지도 한 입 하시고."

둘째의 ————
　　　서러움

　　형제 많은 집. 열 손가락 깨물어 안 아픈 손가락 없다고 했지만 덜 아픈 손가락은 있었던 걸까? 할머니 댁에만 가면 나는 완전 투명인간이었다. 유독 장녀인 울 언니를 예뻐하셨던 할머니. 할머니는 언니만 살짝 안아서 다락방에 데려가 맛난 것을 주시곤 했다.

　　"할머니, 저도 주세요"라는 말을 그땐 왜 못했을까? 그러기엔 할머니는 너무 큰 존재고, 난 너무 어렸던 거겠지…. 언니가 부럽기도 하고, 언니만 좋아하는 할머니가 밉기도 했는데 그건 그만큼 예쁨받고 싶었던 거겠죠?

　　첫째는 첫째라 예쁨받고, 막내는 막내라 예쁨받는데… 이렇게 둘 사이에 끼인 둘째는 서러움에 사무쳤던 적이 한두 번이 아니란 것을 우리 할머니는 모르셨겠지? 그래, 아셨으면 그랬을 리 없지.

양 갈래의 ──── 비밀

TV에 나오는 예쁜 아이돌 그룹, 양 갈래로 머리를 땋은 모습이 참 귀엽다. 그런데 #양갈래머리를 보니 재미있으면서도 뭉클한 울 외할머니 말씀이 떠오른다. 엄마 어릴 적에 외할머니께서는 늘 양 갈래 머리를 땋지 말라고 하셨단다. 그 이유는 이랬다.

"양 갈래로 머리 땋지 마라.
그래서 남북이 갈라져 있는 거라.
하나로 땋아, 그래야 통일된다."

말도 안 되는 소리지만 그 마음 알 것도 같은 할머니의 당부. 6월이면 내내 "우리의 소원은 통일~ 꿈에도 소원은 통~~일"을 불렀던 시절의 기억이 있는 우리들. 요즘도 통일 표어 쓰고 포스터 그리는 대회를 하는지 모르겠다. 우리 땐 6월 연례행사였는데…. 정말 남북이 갈라진 이유가 이 양 갈래 머리 때문이었다면 좋았을 것을….

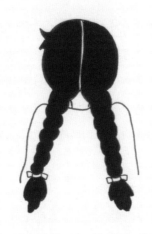

남북이 갈라진 이유
양갈래머리

모기차 ────

해마다 참으로 반갑지 않은 여름 손님이 있다. 누구겠습니까? #모기지요 모기. 그런데 모기가 "앵앵" 귓가를 간질일 때마다 "부아앙~" 소리와 함께 뽀얀 연기를 피워 올리던 그 옛날 #방역차가 그리워진다. 그 냄새가 뭐 그리 좋다고 온 동네 아이들이 골목으로 쏟아져 나와 마치 '피리 부는 아저씨'를 만난 양 그 꽁무니를 쫓아다니곤 했는지….

"와, 모기차다! 모기차 왔다!"
이렇게 외치며 대문 밖으로 용수철처럼 튀어나간 사람,
바로 접니다, 저!

와~
모기차다~~~

방학 ─────────

　　공부 참 안 하는 우리 딸 책상에 무언가 엄청나게 열심히 밑줄 친 흔적이 있어 깜짝 놀란 날. "어머어머" 멀리서도 형광펜의 흔적이 한눈에 보인다. 자세히 들여다봤더니… 그럼 그렇지, 지난달 식단표. 세상에 식단표에 밑줄 쫙! 형광펜이라니…. 엄마는 너 #열공한 줄 알았다. 역시 넌 날 실망시키지 않아. 날 닮은 걸 어째. 그래, 잘 먹고 건강하게만 크면 됐지. 뭣이 중헌디!

　　이랬던 딸아이가 오늘 입이 귀에 걸려서 하교를 했다. 그 웃음의 의미는… #방학. 방학이 그리 좋으냐? 네가 웃으니 나도 좋다. 방학식 날에 활짝 핀 우리 집 대표 꽃송이. 세상에서 제일 예쁜 우리 딸. 세상 걱정 없는 아이. 그래, 엄마도 방학만 손꼽아 기다리던 시절이 있었지.

　　요즘은 '휴가철'이라고 하는데 예전엔 #피서라는 말이 더 익숙했다. 그렇지만 우리 집은 방학이 돼도 제대로 된 피서 한 번 다녀오는 게 녹록지 않았고, 학창 시절의 나는 동네 만화방에 출근 도장을 찍으며 내 나름대로 방학을 만끽했다.

딸아이 방학을 핑계 삼아 둘이서 만화방 데이트를 해야겠다. 홍대에 꽤 괜찮은 만화방이 있다던데… 내가 그렇게나 좋아했던 황미나 작가의 만화책이 있으려나? 요즘은 웹툰이 유행이라지만 군것질거리 엄청 쌓아두고 그 거칠거칠한 만화책 특유의 질감을 매만지며 읽는 게 제맛이지. 한 장 한 장 넘길 때마다 손에 침 묻혀가면서 말이다.

텔레비전 ———

사춘기 시절 울 엄마는 내가 만화방 다닐 때 얼마나 미웠을까? 멍 때리고 TV 봤을 땐 얼마나 미웠을까? 울 꼬맹이 아들이 휴대전화를 만지작하는 게 미울 때마다 그런 생각이 든다. 세상 모든 엄마의 심정이 똑같겠지?

디지털과 아날로그의 감성을 다 알고 있는 끼인 세대인 나. 나도 휴대전화 좋은 거야 다 알지. 근데 혼자서 머리 푹 숙이고 휴대전화만 만지작거리는 아들 녀석을 보면 속이 터진다.

옛날 우리 집 가보 1호는 다리 네 개 달리고 문 달린 #흑백텔레비전이었다. 지금의 디지털 제품과 달리 그거 하나 장만하면 동네방네 소문이 나고 부러움의 대상이 되었던 시절. 집에 텔레비전이 있다는 것만으로도 어깨 으쓱한 일이었는데… 요즘은 한 집에서 같은 채널을 봐도 각자 휴대전화 화면 속을 들여다보고 있다니… 어쩐지 삭막하네. 온 가족이 둘러앉아 "하하, 호호" 했던 그때가 따뜻하게 느껴지는 건 내가 옛날 사람이란 증거인가?

옛날 옛날 우리집 가보 1호
다리 네개 달리고 문 달린 흑백티비
가족들이 모여 "하하 호호"
정겨운 소리가 귓가에 맴돈다

찹쌀떡 ——— 아저씨

"찹싸아~~알 떠억! 메미일~묵!"

겨울이면 생각나는 찹쌀떡 아저씨. 예전엔 꽤 익숙하게 들려오던 목소리였는데 이제는 추억 속 이야기가 되어버렸다. 두둑하게 밥을 먹고 나서도 괜히 배고파지게 만들었던 겨울철 추억의 목소리.

MERRY
CHRISTMAS

메리 크리스마스 ———

어렸을 땐 계절마다 신나는 일이 한가득이었는데, 그중에서도 최고는 역시나 #크리스마스였다. 크리스마스의 꽃은 트리지. 그런데 우리 집에선 크리스마스트리를 만들지 않았다. 친구들이 트리 만들었다는 소리에 부러워서 시무룩해졌던 때가 한두 번이 아니다. 그래도 크리스마스이브가 되면 할아버지께서 LP판에 캐럴 음반을 올려놓고 밤늦도록 옛날이야기를 들려주셨으니 우리 집에선 그게 크리스마스 최고의 이벤트였다. 나는 할아버지 목소리를 자장가 삼아 스르르 잠이 들며 #산타할아버지가 오시기만을 기다리고 또 기다렸다.

일곱 살이 되던 해의 크리스마스였다. 자고 일어났는데, 세상에, 그토록 가지고 싶었던 예쁜 털모자와 고구마 과자 한 봉지가 머리맡에 놓여 있었다. "엄마 이게 뭐야?" "산타 할아버지가 다녀가셨나 보네" 그 대답에 가슴이 쿵쾅댔다. 그게 뭐라고 그렇게 짜릿했는지….

어른이 되었지만 크리스마스는 여전히 내 마음을 두둥실 설레게 하는 날이다. 나는 어렸을 때 누리지 못했던 트리에 한풀이를 하듯 큰아이를 낳은 후부터 매년 트리 만들기에 열을 올리고 있다. 아이보다 내가 더 신이 나서 종도 달고, 별도 달고. 꼬마전구에 불을 켜고 있으면 바깥 추위에 아랑곳없이 마음이 따뜻해지는 기분이 든다. 아이들이 트리 아래에 있는 선물을 보고 산타 할아버지가 다녀가셨다며 좋아서 방방 뛰던 몇 해 동안에는 정말 제대로 크리스마스 분위기를 즐겼다. 이제 초등학생 둘째 녀석도 산타 할아버지의 진실을 알아버려서 조금 김이 새긴 하지만 나는 올해도 어김없이 트리를 만들며 어린 시절의 한을 풀리라!

산타 할아버지는 알고 계신대
누가 착한 아인지 나쁜 아인지

빨간 ─────
비디오테이프

때는 바야흐로 1990년, 내가 고등학교 2학년 때. 난 남동생 방을 청소해주는 참 착한 누나였다. 그러던 어느 날에 동생 방에서 빨간 띠를 두른 #비디오테이프 하나를 발견했다. 우리 집에는 비디오가 없었는데 동생은 어째 이런 걸 가지고 있는 걸까? 호기심이 발동한 나. 친구들에게 이야기했더니 모여서 같이 보자고 난리가 났다.

비디오가 있던 친구네 집. 식구들이 모두 외출한 틈을 타 친구 몇몇이 모였다. 호기심이 폭발해서 그냥 넘어갈 수가 있어야지. 불을 끄고 비디오를 틀었다. 그러고는 모두들 〈전설의 고향〉을 보는 것처럼 이불을 뒤집어쓰고 눈만 내놓은 채로 숨죽여 화면을 응시했다.

드디어 재생. 야릇한, 정말 야릇한 음악이 흘러나왔다. 어머머, 정말 그런 거였어? 우리는 말없이 침만 꿀깍. 이윽고 흑인들이 등장하더니 춤을 추기 시작했다. 그것도 아주 야릇하게.

그런데… 계속 춤만 췄다. 비디오테이프는 그때 당시 유행했던 #엠

씨해머의 뮤직 비디오였다. 막연한 호기심에 그 영상이 끝날 때까지 지켜봤건만 끝끝내 흑인들이 나와 춤만 추다 끝나버렸다. 우린 그것도 모르고 한 시간이나 넘게 숨죽였고, 영상이 끝난 후 나는 친구들한테 맞아 죽을 뻔했다. 친구들아, 우린 대체 뭘 상상했던 거니? 불법 복제가 난무했던 시절의 웃지 못할 에피소드.

남동생 방에서 나왔던
정체불명의 뮤직비디오
대체 난 뭘 상상한 거야?

아빠 월급 날
센베 과자 먹는 날

아빠의 ─────
　　　　　　센베

　　남편은 회식이 있는 날이면 늦은 밤 귀갓길에 어김없이 싱글벙글 웃으며 간식을 사가지고 온다. 그제는 아이들이 좋아하는 빵과 아이스크림을 양손 넘치게 사들고 왔다. "뭘 이렇게 많이 사 온 거야" 핀잔을 쳤지만 가족들 생각하며 사들고 왔을 걸 생각하니 예전 우리 아빠 모습이 겹쳐 보였다.

　　울 아빠 월급 받으시던 날 품에 #센베과자 넣고 오는 내내 내복 바람으로 기다릴 아들딸 생각으로 가슴이 뜨끈하셨겠지? 언니, 동생과 서로 더 먹겠다고 욕심내서 입천장이 까지는 줄도 모르고 센베 과자를 입 안에 욱여넣었던 그때가 눈앞에 선하다.

　　요즘엔 센베라 하지 않고 #옛날과자 라고 하네? 아파트 근처에 과자 트럭이 왔다. 그 옛날 아빠처럼 센베 몇 가지를 샀다. 혼자서 와그작와그작. 옷에 부스러기가 한가득 떨어져야 제맛! 그래, 바로 이 맛이야!

엄마 손 ———
　　　　　　 팥죽

"어린 송아지가 부뚜막에 앉아 울고 있어요"란 노래 가사처럼 울 엄마 동지팥죽 만드시던 날이면 우리 삼 남매는 제비새끼마냥 부뚜막에 앉아서 재잘거리곤 했다. 팥죽이 다 되면 엄마는 팥죽을 그릇에 담아 대문, 화장실 가릴 것 없이 집 안 구석구석에 놓아두고 마당에도 한 사발 흩뿌리셨다. "악귀야 휘이~ 물러가라" 하면서.

동지엔 새알수제비 들어간 팥죽, 정월대보름엔 찰밥… 때때마다 울 어머니들은 이런 것을 챙기셨다. 달력을 보지 않아도, 시계를 보지 않아도 해가 뜨고 지는 것, 계절이 오고 가는 것을 알고 지냈던 어린 시절의 단상. 내 손으로 팥죽을 해먹진 않지만 매년 동지가 되면 어릴 적 아름다운 #추억을 맛있게 먹게 된다.

때때마다의
아름다운 추억을 먹고 사는 우리

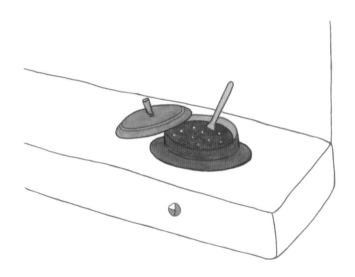

에필로그 ✳ ✳ ✳

알람이 요란하게 울리기 전에 저절로 눈이 떠진 아침이다. 시계를 보니 두어 시간 더 자도 될 것 같아 이불 속에서 몇 분 버텨보는데 이상하게 잠이 올 것 같지는 않았다. 매일 '5분만' 하면서 능장을 부리게 되는 아침인데 웬일이지? 이불을 박차고 나왔지만 그리 억울한 생각은 들지 않았다. 어쩐지 횡재한 기분이 들었다. 그만큼 시간을 번 것 같아서.

베란다 창문을 열고 새벽 공기를 마신다. 아파트 생활이지만 이른 아침에 깨나면 도심 한가운데서도 이름 모를 새소리, 풀벌레 소리를 들을 수 있다는 게 새삼 놀랍다. 도시에 산다는 핑계로 귀 기울이지 않았던 자연의 소리들. 일찍 깨어난 덕에 상쾌한 기운을 만끽한다. 기지개를 켜니 한결 더 개운해진다. 조금 일찍 시작하는 하루, 그 속에 깃든 여유로움. 그야말로 굿모닝, 좋은 아침이다.

가만히 거실 한쪽 내 책상에 앉는다. 학창 시절 책상에 앉으면 가장 먼저 귀에 이어폰을 꽂았다. 어른들은 그래가지고 무슨 집중이 되느냐 꾸짖었지만 이상하게도 이어폰을 귀에 꽂고 뭐든 들어야 집중이 더 잘 되는 것만 같왔다. 이어폰에서 흘러나오는 노래와 라디오 디제이의 나긋나긋한 목소리를 듣고 있으면 어딘가 모를 고요함이 느껴지곤 했다. 그때 그 시절 어른들 마음을 알 것 같다. 이제 내가 이어폰 끼고 공부하는 딸아이를 나무라는 잔소리꾼 엄마가 되었으니 말이다.

글씨학교에서 캘리그라피를 배우면서 그때로 다시 돌아간 듯한 기분을 느낀다. 라디오를 틀고 거실 한쪽에 마련한 내 작은 책상에 앉아 종일 시간을 보내게 됐으니 말이다. SNS 계정에 매일 그림엽서 두 개씩 올려보자, 그렇게 마음먹은 후로 별다른 약속이 없는 날이면 이 책상에 앉아 하루 중 가장 많은 시간을 보낸다. 머릿속에 그리고 싶은 것들이 자꾸 떠오르는 까닭이기도 하지만 여기에 앉아 그림 그리는 시간이 너무도 행복하다. 학교 다닐 때는 엉덩이 붙이고 앉아 있는 게 그렇게나 고역이었는데… 확실히 좋아하는 일을 하면 몇 시간이고 책상에 앉아 있어도 힘들지가 않은가 보다.

직장 생활을 할 때는 막연하게나마 집에서 아이들을 돌보며 할 수 있는 일이 하고 싶었다. 정말 매일 아침이 전쟁이었으니까. 자는 아이를 겨우 깨워

준비시키는 것도 그랬고, 부득이 야근을 해야 할 때면 애를 회사로 데리고 가서 같이 밤샘을 했다. 나도 나지만 괜히 애들까지 고생시키는 것 같아서 마음이 참 무거웠던 시절이다.

그림 그리고 글씨 쓰는 일을 하면서 달라진 건 남편 출근길, 아이들 등굣길을 허둥대지 않고 잘 챙겨줄 수 있게 됐다는 점이다. 예전에는 얼굴을 보는 둥 마는 둥 "잘 다녀올게" 목소리로만 인사하고 내가 먼저 나가기 바빴는데…. 직장 생활을 할 때처럼 안정적으로 월급을 받는 건 아니지만 대신 프리랜서로 활동하면서 가족들을 배웅하고 마중할 수 있는 참 소중한 날들을 선물 받고 있는 요즘. 소박하지만 행복한 삶, 그리 멀리 있는 게 아니었다.

프리랜서 생활에 꽤 만족해하는 나에게 주변에서는 "너야 어려서부터 그림 잘 그렸잖아, 손재주 좋으니까 그렇지. 나처럼 뭐 변변한 재주 없는 사람한테는 그건 꿈같은 일이야"라는 새침한 소리를 하기도 하고 "나는 잘하는 것도 없고, 뭘 좋아하는 건지도 모르겠다"는 하소연을 늘어놓기도 한다. 나라고 뭐 '식은 죽 먹기'처럼 쉬웠던 건 아닌데…. '그림을 가지고 밥 먹고 살 수 있을까?' '이건 그냥 취미생활일 뿐이지…'. 수없이 되뇌었던 생각들. 이제는 이런 생각이 쓸데없는 잡념일 뿐이란 걸 안다. 뭐하러 그 아까운 시간에 내 마음속 울림을 들으려 하지도 않고 나 자신을 초라하게 깎아내렸던 걸까? 결국 기회는 내가 만드는 거였는데 말이다.

나는 안다. 다른 누군가의 조언이나 '나 잘났다' 하는 사람들의 이야기 말고, 내 마음에 귀를 대고 듣는 게 얼마나 중요한 일인지. 그게 바로 그림 그리기를 좋아만 했지 변변하게 상 한 번 받아본 적이 없는 내가 손글씨와 그림으로 새로운 일을 할 수 있었던 이유이기도 하다. 그림으로 성공하겠다는 생각도 없었지만 이만큼이나 많은 분들이 내 SNS를 좋아해줄 거란 걸 상상이나 했을까? 나이가 어려서, 또는 나이가 많아서, 그래서 안 될 거야… 이런 부정적인 마음일랑 탈탈 털어내버리자. 사람은 마음먹은 대로, 생각한 대로 살아가는 법이니까.

남편은 회사로, 아이들은 학교로 모두 출타한 다음 여느 때와 다름없이 집안일을 하고 잠시 숨을 돌렸다. 별일 없이 무탈한 오늘, 나는 책상에 앉아

가만히 라디오 볼륨을 높인다. 오늘은 또 몇 시간이나 푹 빠져 있을까?

혹, 시간 가는 줄 모르고 한 자리에 머물러 빠져드는 일이 있나요?
그렇다면 그건 분명 당신이 좋아하는 일일 거예요.